U0111684

大展好書　好書大展
品嘗好書　冠群可期

大展好書　好書大展

品嘗好書　冠群可期

日語加油站 1

TIAOZHAN XIN RIYU
NENGLI KAOSHI
N1 DUJIE

挑戰

新日語能力考試

N1 讀解

附 CD

主　編　李宜冰
副主編　小原 學(日)　楊 紅
主　審　恩田 滿(日)
編　者　李宜冰　　王行晨
　　　　小原 學　　楊　紅
　　　　楊　曄　　于　敏
　　　　于　月

大展出版社有限公司

前言

　　1984～2009年的25年中，國際日語能力考試始終貫徹一個考試大綱的要求，雖然對每個級別應該掌握的文字、語法等知識點做了解釋和說明，但始終沒有提到「綜合能力」等字樣。

　　2009年底，日本國際交流基金會及日本國際教育支援協會制定了新日語能力考試基本方針，內容可以概括為4個方面：①考查級別由以前的4個級別擴大為5個級別；②透過完成特定課題，考查學習者的語言應用能力；③提高考試的妥當性、可信賴性；④讓學習者清楚自己能夠完成的課題，瞭解自己的實際能力。

　　結合新方針，本書有以下3點突出的特色：

　　一、強化訓練，銳化閱讀感。本書的構成嚴格按照新考試大綱的考試形式，將內容分為「短文」「中文」「情報檢索」「綜合理解」「長文」5個部分；試題部分與N1級別的新題型極其接近，在命題規律和考查難度上高度吻合，供考生強化訓練。

　　二、內容豐富，增長知識。文章內容涉及經濟、文化、社會、教育等多方面，相信學習者透過本書的

學習不但能提高日語閱讀能力，而且能夠增長一定的日語知識，瞭解日本的社會現實。

三、技巧體現，循序漸進。本書在每個內容之前都寫有閱讀技巧，希望學習者在閱讀過程中不斷地體會技巧，做到熟能生巧。

本叢書用實用的內容、豐富的素材、有效的練習和時尚的版式將日語閱讀變爲一件有趣的事情，幫助讀者朋友們學以致用，輕鬆挑戰新日語能力考試的閱讀部分。同時，懇切希望專家、學者以及使用本叢書的老師和同學們提出意見，以便不斷修訂完善，更好地爲日語學習者服務。

編　者

目次

第一章　短文

キーポイント

　読解問題では、どの言葉が重要かを考えて読むことが大切です。文章を読むときには想像力を働かせ、筆者が言おうとしていること、どのような内容かを理解することが必要です。

短　文　1

　以前のことですが、地元の図書館の返却ポストに誤って郵便物を投函してしまいました。この返却ポストの色は「グレー」でした。最近の新しい郵便ポストは「グレー」のものが増えてきましたが、それで「グレー」に"反応"してしまったのです。本物のポストは、そこから2Mも離れていないところに赤い色をしてありました。ことの重大さに気づき、あわてて図書館の職員に電話でそのこと①を伝

え、事なきを得ました。

　光はヒトの目に入り、脳がその刺激を受けることから、<u>ヒトは色を見て、過去の記憶が呼び起こされたり、あるものごとを連想することがあります②</u>。

　そういったことから、色は直接視覚を反応させるシンボルとして大きな効果をもっています。

　　　　（鈴木千恵子『色のとりせつ』誠文堂新光社による）

　文章を読んで、それぞれの問いに対する答えとして最も適当なものを1、2、3、4から一つ選びなさい。

問1　「そのこと」とあるが、そのこととは何か。
　　　1. 郵便ポストに手紙を入れたこと。
　　　2. 郵便ポストにと図書館の本を入れたこと。
　　　3. 図書館の返却ポストに本を入れたこと。
　　　4. 図書館の返却ポストに手紙を入れたこと。

問2　「ヒトは色を見て、過去の記憶が呼び起こされたり、あるものごとを連想することがあります」とあるが、筆者の場合、どんな色を見て、何を連想したのか。
　　　1. 赤色を見て、郵便ポストを連想した。
　　　2. グレーを見て、郵便ポストを連想した。
　　　3. 赤色を見て、図書館の返却ポストを連想した。
　　　4. グレーをみて、図書館の返却ポストを連想した。

語彙練習

一、発音を聞いて、対応する日本語の常用漢字を書いて
ください。

1. _____ ;　　2. _____ ;　　3. _____ ;　　4. _____ ;

5. _____ ;　　6. _____ ;　　7. _____ ;　　8. _____ ;

9. _____ ;　　10. _____ 。

二、次の文の____に入れる言葉として最も適切なものを
一つ選びなさい。

1. 国際_____マークは、障害をもつ人々にも住みや
すいまちづくりを推進するため、国際リハビリテー
ション協会（RI）により1969年に採択されました。

2. 婦人靴のサロンド_____（SALON DE GRES）で
は履き心地の良さを追求した婦人靴をハンドメイド
で作り続けています。

3. _____マップは、みんなで郵便_____の場所を
マッピングしていこうというプロジェクトです。

グレー　ポスト　シンボル

三、言葉の理解

1. 例 文

～グレー

1. 社長は グレー の背広を着ていて、なかなか格好
いいね。

2. 最近、うちの近くでロマン グレー の男性と出

会った。

3. 今回の行動は法律に触れるのかどうか、依然<u>グレ</u><u>ーだ</u>。

2. 会話

A：昨日、裁判のニュースを見ましたか。

B：見ましたけど。ちょっと納得できないところがいっぱいあります。

A：私も。ちゃんと証拠があるのに、何でまたグレーなの。

B：完全なクロだったのに、**グレー**って言い出すなんて、裁判官は何を考えているかね。

A：ええ、私たちがここで文句を言っても何もならないから、やめよう。

3. 拡大練習

考えられる言葉を入れてみましょう。

_____

_____＋グレー

_____

 完全マスター ≪≪

1. 仕方がない。今回だけは、目を（　　　）見なかったことにしてあげよう。

　　1. うつむいて　　　　　　2. よけて

　　3. さらって　　　　　　　4. つぶって

2. 初めて友達のうちに行った時、とてもていねいな

（　　）を受けた。
1. いたわり　　　　　　　2. しつけ
3. もてなし　　　　　　　4. こだわり

3. ここは開かずの踏切で、朝夕は電車が（　　）ことがない。
1. とがめる　　　　　　　2. とぎれる
3. さしかかる　　　　　　4. くぐる

4. 映画の上映時間について電話で（　　）。
1. みなした　　　　　　　2. へりくだった
3. ききあわせた　　　　　4. といあわせた

5. 都会の中心には、たいてい高層ビルが（　　）いる。
1. そびえて　　　　　　　2. うつむいて
3. おどして　　　　　　　4. ばらまいて

6. 記憶を頼りに、やっと15年前の思い出の地に（　　）着いた。
1. もがき　　　　　　　　2. たどり
3. はまり　　　　　　　　4. ねだり

7. 濃いコーヒーを飲んだら、頭が（　　）勉強がどんどん進んだ。
1. おだてて　　　　　　　2. ばけて
3. さえて　　　　　　　　4. はげて

8. 疑われている友人を（　　）、うその証言をした。
1. ごまかして　　　　　　2. よけて
3. ののしって　　　　　　4. かばって

9. 結果よりも過程が大事、勝敗には（　　）ない。
1. はじらわ　　　　　　　2. こだわら

3. とがめ 　　　　　　　4. いたわら
10. するのはいつも自慢話ばかり、失敗すると他人の
　　せいにする彼にはみんな(　　)いる。
　　1. さらって 　　　　　　2. とろけて
　　3. おどして 　　　　　　4. あきれて

短　文　2

　文化にはいくつかの定義が存在するが、(①)いうと人
間が社会の成員として獲得する振る舞いの複合された総体
のことである。社会組織ごとに固有の文化があるとされ、
組織の成員になるということは、その文化を身につけると
いうことでもある。人は同時に複数の組織に所属すること
が可能であり、異なる組織に共通する文化が存在すること
もある。ある特定地域の文化も、人々がそれを用いること
が有益と判断すれば他の地域でも用いられるようになり、
また伝播先の文化と融合して新たな文化を創造することも
ある。このような作用によって様々な文化が交じり合い、
より高度な文化が創られてきたともいえるが、一方で<u>自文
化の変容②</u>に対しては反発もあり、各種の紛争の要因とも
なっている。

（内田樹『日本边境論』新潮社による）

読解練習

　文章を読んで、それぞれの問いに対する答えとして最も適当なものを1、2、3、4から一つ選びなさい。

問1　①に入る適当な言葉はどれか。

　　1. 大抵　　　2. 総じて　　　3. 辛うじて　　　4. かえって

問2　「自文化の変容②」とは具体的に何を指しているのか。

　　1. 所属組織文化のステレオタイプ。

　　2. 所属組織の文化に対する寛容性。

　　3. 所属組織文化と他文化との融合性。

　　4. 所属組織文化のアイデンティティ観。

語彙練習

一、発音を聞いて、対応する日本語の常用漢字を書いてください。

　　1. _____ ;　　2. _____ ;　　3. _____ ;　　4. _____ ;

　　5. _____ ;　　6. _____ ;　　7. _____ ;　　8. _____ ;

　　9. _____ ;　　10. _____ 。

二、次の文の____に入れる言葉として最も適切なものを一つ選びなさい。

　　1. 太陽の光は、さまざまな色の光が_____、白色光として地上に降り注ぎます。

　　2. スゴレンでは、「焼き肉デートにおける男らしい_____とパターン」を提供しております。

三、言葉の理解

1. 例 文

～合う

1. 肩こりを予防するには手の甲を<u>押し合う</u>体操をする必要がある 。

2. 大事なのは 、苦情を<u>言い合う</u>ことではなくて 、<u>話し合う</u>ことだ。

3. テニスや卓球と言った衝突の少ない<u>打ち合う</u>スポーツでも男女差ってあるのでしょうか 。

2. 会 話

A : どうしたの 。元気がなくて 。

B : いろいろなことが**交じり合って**て 、どうしたらいいか分からない 。

A : なんのこと 、学校のことそれともプライベートのこと 。

B : **交じり合っている**って言っているでしょう 、学校のこともある 、プライベートのこともあります 。

A : ええ 、話してみて 、何か手伝えるかも 。

B : そうかな…

3. 拡大練習

考えられる言葉を入れてみましょう 。

_____

_____＋合い

_____

1. 何があったのだろう、彼女は（　　）ままで、呼んでも返事をしない。
   1. けなした　　　　　　　2. ごまかした
   3. うつむいた　　　　　　4. みなした

2. 学生時代、授業を（　　）映画を見に行ったこともあった。
   1. はじらって　　　　　　2. ごまかして
   3. よけて　　　　　　　　4. さぼって

3. 静かな図書室。本のページを（　　）音だけが聞こえる。
   1. もてる　　　　　　　　2. めくる
   3. むしる　　　　　　　　4. もめる

4. 彼は一週間、自分の部屋に（　　）きりで論文を書き上げた。
   1. はまり　　　　　　　　2. もがき
   3. こもり　　　　　　　　4. つまり

5. 事件解決まであと一歩というところに（　　）時、また新たな殺人が起こった。
   1. さしかかった　　　　　2. さしひいた
   3. さしつかえた　　　　　4. さしだした

6. 幼い頃からの家庭での礼儀作法の（　　）は大事である。
   1. とがめ　　　　　　　　2. たるみ
   3. しつけ　　　　　　　　4. さえずり

7. 応援していたチームが、あんなに（　　　）負ける
   なんて。
   1. すっきり　　　　　　　　2. さっぱり
   3. あっさり　　　　　　　　4. がっくり

8. お寺の参道には、土産物を売る店が（　　　）並んで
   いる。
   1. ちらっと　　　　　　　　2. ずらっと
   3. きちっと　　　　　　　　4. ぐっと

9. 実際日本で暮らしてみて、（　　　）日本の物価は高い
   と思った。
   1. ぼつぼつ　　　　　　　　2. いやいや
   3. ずるずる　　　　　　　　4. つくづく

10. 今住んでいるこの辺りは、（　　　）海の底だったと
    言う。
    1. あえて　　　　　　　　　2. かつて
    3. いたって　　　　　　　　4. かねて

短　文 3

　私たちはどういう固有の文化をもち、どのような思考や
行動上の「民族史的奇習」をもち、それがわたしたちの目
に映じる世界像にどのようなバイアスをかけているか。それ①を確認する仕事に「もう、これで十分」ということは
ありません。朝起きたら、顔を洗って歯を磨くようなもの
です。おととい洗ったからもういいよというわけにはゆき

ません②。

　　　　（内田樹『日本辺境論』「はじめに」新潮社より）

 〈読〉〈解〉〈練〉〈習〉

　文章を読んで、それぞれの問いに対する答えとして最
も適当なものを1、2、3、4から一つ選びなさい。

問1　「それ①」とあるが、それとはなにか。
　　　1. 持っている文化。
　　　2. 持っている思考や行動上の民族的特徴。
　　　3. 持っている世界観。
　　　4. 持っている文化、民族的特徴、世界観。

問2　「朝起きたら、顔を洗って歯を磨くようなもので
　　　す。おととい洗ったからもういいよというわけには
　　　ゆきません②。」と前文とはどういう関係か。
　　　1. 無関係な話し。
　　　2. 思考と行動との連係関係を表している。
　　　3. 反省の循環性を表している。
　　　4. 反省の連続性を表している。

〈語〉〈彙〉〈練〉〈習〉

一、発音を聞いて、　対応する日本語の常用漢字を書いて
　　ください。

　　　1. ＿＿＿＿；　　2. ＿＿＿＿；　　3. ＿＿＿＿；　　4. ＿＿＿＿；

　　　5. ＿＿＿＿；　　6. ＿＿＿＿；　　7. ＿＿＿＿；　　8. ＿＿＿＿；

　　　9. ＿＿＿＿；　　10. ＿＿＿＿。

二、次の文の＿＿＿に入れる言葉として最も適切なものを
一つ選びなさい。

1. 階級的釣合いについては、これは結婚の際に花嫁側
が相当な持参金を用意する＿＿＿＿＿とも関わってきま
す。

2. ひとくちに＿＿＿＿＿といっても、いろいろあり各地方
による地域性もありますから、すべてを理解する必
要はありません。

3. 私が調べた限りでは、纏足という＿＿＿＿＿は9世紀に
始まったそうです。

奇習　慣習　風習

三、言葉の理解

1. 例 文

～風習；～奇習；～風俗

1. 外国語教師は外国の<u>風習</u>や習慣について身につけ
る必要がある。

2. 私が調べた限りでは、纏足という<u>奇習</u>は9世紀に
始まったそうです。

3. <u>風俗動画</u>は今までと違う新しい形で動画を配信す
る風俗情報サイトです。

2. 会 話

A：キルギスタンでは、女性を誘拐して、妻にして
しまう<u>風習</u>があります。現地では「アラ・カチ
ュー」と呼ばれているが、日本語にすれば、「
奪い去る」の意味。

Ｂ：こんな残忍な**奇習**は、世間で認められているの？

Ａ：さっき言ったことは昔のことではなく、今だよ。80％の女性は最初は激しく抵抗しますが、最終的に態度が軟化、結婚を受け入れてしまうわけ。

Ｂ：はっは、「あらゆるいい結婚は涙で始まる」ってことかな。

Ａ：本当に世の中には変なことが多いな…

3. 拡大練習

考えられる言葉を入れてみましょう。

風習：＿＿＿＿＿＿＿＿＿＿＿

風俗：＿＿＿＿＿＿＿＿＿＿＿

奇習：＿＿＿＿＿＿＿＿＿＿＿

☕ 完全マスター «

1. 日本語が（　　）難しいか、言葉では説明できない。

   1. いやに　　　　　　　　2. いかに

   3. もろに　　　　　　　　4. ことに

2. 酒の中でも私は（　　）ワインを好む。

   1. あんのじょう　　　　　2. なにとぞ

   3. ことによると　　　　　4. とりわけ

3. 友達が試験に合格した。ご両親も（　　）うれしいことだとう。

   1. さも　　　　　　　　　2. さぞ

   3. なるたけ　　　　　　　4. まさしく

4. やった！成績が（　　）したぞ。

1. アップ　　　　　　　　2. ダウン
3. オープン　　　　　　　4. オーバー

5. (　　)の結果を分析して、グラフにして会議に提出した。
1. カルテ　　　　　　　　2. データ
3. ファイル　　　　　　　4. アンケート

6. 「個人」を前提として、社会という(　　)は成り立っている。
1. オートマチック　　　　2. レギュラー
3. サイクル　　　　　　　4. システム

7. ずいぶんはでな(　　)の車が止まったと思ったら、彼だった。
1. メロディー　　　　　　2. デッサン
3. デザイン　　　　　　　4. センス

8. 彼は性格に問題があるのか、(　　)ばかり起こしている。
1. ショック　　　　　　　2. ストレス
3. トラブル　　　　　　　4. ムード

9. 彼女の家はとても(　　)で、地下が玄関になっている。
1. ソフト　　　　　　　　2. ハード
3. ベスト　　　　　　　　4. ユニーク

10. 庭なら、せめて子どもが走り回れるぐらいの(　　)が欲しい。
1. ホール　　　　　　　　2. フロント
3. スペース　　　　　　　4. コーナー

短 文 4

　旅行にでかける理由はいろいろありますが、一番の喜び
は、旅先での解放感ではないでしょうか。この解放感は、
自分を知っている人がだれもいないという心理に起因しま
す。（①）、自分が恥をかいたり、失敗したり、あるいは
破廉恥なことをしても、そのことで後々困ることは起こら
ないと思うからです。

　旅先にいる私は、家庭や職場の私ではなく、どこの誰だ
かわからないような匿名性を持った、一人の人間なので
す。このように、自分を見つめることを忘れ、他人から批
判される懸念も薄れ、恥とか罪とかによる自己規制も弱ま
り、いつもならしないような行動をとることを<u>没個性現象</u>
②といいます。

　こうした没個性化は、大勢の見知らぬ人々の中にいると
きや群衆の中にいるとき、自分が誰だか人にわからないよ
うなときに現れます。

　　　（『心理おもしろノート』三笠書房による、渋谷昌三）

読解練習

　文章を読んで、それぞれの問いに対する答えとして最
も適当なものを1、2、3、4から一つ選びなさい。
問1　「①」に入る適当な言葉はどれか。

1. すなわち　　　　　2. ということで
3. つまり　　　　　　4. ようするに

問2　「没個性化現象」は、どんなときに生じるか。
1. 解放感が失われたとき。
2. 自己規制が強まったとき。
3. 匿名性が保たれているとき。
4. 批判される懸念が生じたとき。

語彙練習

一、発音を聞いて、対応する日本語の常用漢字を書いて
ください。
1. _____;　　2. _____;　　3. _____;　　4. _____;
5. _____;　　6. _____;　　7. _____;　　8. _____;
9. _____;　　10. _____。

二、次の文の____に入れる言葉として最も適切なものを
一つ選びなさい。
1. 金融商品取引法の改正に続き、商法改正、税制改正
と_____組合等に関連する法律が今後、随時改正さ
れていく予定です。
2. 中国に進出する日系の小売り企業では、デモや暴動
がエスカレートし、日本製品や日系スーパーなどで
の不買運動に発展することを_____している。
3. 高い倫理が求められる教職員や警察官が_____な行

為で逮捕される事件が相次ぎ、モラル低下が指摘されている。

> 破廉恥　懸念　匿名

三、言葉の理解

1. 例 文

〜破廉恥

1. 米国「傭兵」達の<u>破廉恥</u>画像はネット上で公開された。

2. 裁判官は「教師として言語道断の<u>破廉恥</u>きわまりない犯行で、酌量の余地はない」と述べた。

3. 彼の<u>破廉恥</u>な振る舞いに本当に飽きてしまった。

2. 会 話

A:「3せる」って言う言葉、知っていますか。

B:なに。知らない。

A:「飲ませる、つかませる、抱かせる」のこと、「酒、金、女」の接待攻勢の隠語だ。

B:へえ、何で知っているの。

A:この間の新聞に「大手広告代理店社員の**破廉恥**な接待」の中に書いていたこと、社員は逮捕されたそうですが。

B:仕事のために、逮捕されるなんて、ちょっと可哀想ですね。

3. 拡大練習

考えられる言葉を入れてみましょう。

＿＿＿＿＿＿＿＿＿＿＿＿＿＿＿＿＿＿

＿＿＿＿＿＿＿＿＿＿＿＿＿＿＿＿＿＋破廉恥

＿＿＿＿＿＿＿＿＿＿＿＿＿＿＿＿＿＿

☕ 完全マスター ≪

1. 早く、言葉の(　　　)が使い分けられるようになりたい。
   1. ブーム　　　　　　　　　2. ショック
   3. サイクル　　　　　　　　4. ニュアンス

2. 駅の近くにまた新しいホテルが(　　　)した。
   1. オープン　　　　　　　　2. オーバー
   3. リード　　　　　　　　　4. チェンジ

3. 貴重品をホテルの(　　　)にあずける。
   1. ホール　　　　　　　　　2. フロント
   3. バック　　　　　　　　　4. コーナー

4. どんな(　　　)の本が好きですか？
   1. ファイル　　　　　　　　2. サイクル
   3. センス　　　　　　　　　4. ジャンル

5. 事故で息子を亡くし、(　　　)のあまり母親は倒れてしまった。
   1. ムード　　　　　　　　　2. インフレ
   3. ショック　　　　　　　　4. ボイコット

6. 結果よりも過程が大事。何事にも(　　　)をつくす。

1. ソフト　　　　　　　2. ゲスト
　　3. ベスト　　　　　　　4. ブーム
7. 不況が続き、賃金を(　　)した会社もあるという。
　　1. カット　　　　　　　2. ボイコット
　　3. リード　　　　　　　4. オーバー
8. 気持ちを穏やかにしてくれるこの曲の(　　)が好き
　　だ。
　　1. デッサン　　　　　　2. レッスン
　　3. メロディー　　　　　4. データ
9. 次から次に仕事が入ってきて、電話も一度に何本も
　　かかってくるし、もう忙しくて(　　)が回りそうだ。
　　1. て　　　　　　　　　2. あし
　　3. め　　　　　　　　　4. みみ
10. 不況が続き、経営不振という理由で、会社を
　　(　　　　)になった人もいるそうだ。
　　1. かお　　　　　　　　2. はな
　　3. あし　　　　　　　　4. くび

 短　文 5

　　ある言語が豊かさを獲得するのは、小さな村落や島に、
純粋に保存されることによってではなく、できるだけ多く
の異なる背景を持った人たちによって、できるだけ多くの
異なる場面で、多様な目的のために、用いられること(①)

である。そうでなければ、ことばは「　②　」。

（田中克彦『国家をこえて』筑摩書房による）

　文章を読んで、それぞれの問いに対する答えとして最も適当なものを1、2、3、4から一つ選びなさい。

問1　「①」に入る適当な言葉はどれか。

　　　1. によって　　　2. による　　　3. により　　　4. に限る

問2　この文章の「＿＿＿」の部分には、どんな内容の表現を入ることができるか。

　　　1. 獲得できない　　　　　　2. 用いられない

　　　3. 純粋にならない　　　　　4. 豊かにならない

一、発音を聞いて、対応する日本語の常用漢字を書いてください。

　　　1. ＿＿＿；　　　2. ＿＿＿；　　　3. ＿＿＿；　　　4. ＿＿＿；

　　　5. ＿＿＿；　　　6. ＿＿＿；　　　7. ＿＿＿；　　　8. ＿＿＿；

　　　9. ＿＿＿；　　10. ＿＿＿。

二、次の文の＿＿＿に入れる言葉として最も適切なものを一つ選びなさい。

　　　1. 悪質な結婚詐欺で＿＿＿な女心を弄ばれた。

2. 田中社長は GREE で1000万ユーザー規模のヒットを狙うには、「相当_____じゃないと」とコメントした。

3. _____利益も70%アップのおよそ43億ドルとなり、いずれも過去最高を更新しました。

純粋　純　単純

三、言葉の理解

1. 例 文

純＋〜；〜＋純；

1. もう18歳の少年なのに、<u>純情</u>を失っていない。

2. 昨日、新鮮朝引きの<u>純系</u>名古屋コーチンモモ肉を1kgパックにしました。

3. この問題をカンタンに、<u>単純</u>に考えれば、答えが出てくるかも。

2. 会 話

A：今就職活動をしているんですが、なかなかできなくて、どうしよう。

B：来年の6月までまだ時間があるから、落ち着いて探してください。

A：好きな仕事を見つけられなかったら、バイトにいきます。

B：何を言っているの、そうすると、**単純**労働者になってしまって、後で就職したくても、なかなかできないと思いますよ。とりあえず、落ち着いてゆっくり探してみてください。

A：そうですね、もうちょっとがんばってみます。

3. 拡大練習

考えられる言葉を入れてみましょう。

_____

純＋_____

_____

 完全マスター

1. 映画スターには（　　）個性を持っている人が多い。
   1. 強烈な　　　　　　　　　2. 勤勉な
   3. 簡素な　　　　　　　　　4. 温和な

2. 救援隊がくるまで、1枚のチョコレートと雨水で
   （　　）生きのびることができた。
   1. あえて　　　　　　　　　2. しいて
   3. かろうじて　　　　　　　4. つとめて

3. オフィスに（　　）顔を出していれば、仲良くなって
   契約がとれるかも知れないよ。
   1. ぺこぺこ　　　　　　　　2. ぶらぶた
   3. ちゃくちゃく　　　　　　4. ちょくちょく

4. ちょっと（　　）をもらうと問題がすんなりとける
   ことがあります。
   1. ヒント　　　　　　　　　2. ベスト
   3. ゲスト　　　　　　　　　4. パート

5. (　　)が早いですね。もう来週の旅行の準備をして
しまったんですか。
1. 手　　　　　　　　　2. 足
3. 耳　　　　　　　　　4. 気

6. いくらけんかをしても、人間関係を(　　)しまうよ
うなことを言ってはいけない。
1. つくろって　　　　　2. うるおって
3. そこなって　　　　　4. やしなって

7. 小さな会社をはじめたが、経費が(　　)ばかりでな
かなか経営が軌道に乗らない。
1. かさむ　　　　　　　2. からむ
3. いどむ　　　　　　　4. たるむ

8. スピード違反の(　　)月間だそうで、この間から2
度も捕まってしまった。
1. 取り組み　　　　　　2. 取り調べ
3. 取り扱い　　　　　　4. 取り締まり

9. 部長は結婚の仲人を快く(　　)してくれた。
1. 了承　　　　　　　　2. 了解
3. 承諾　　　　　　　　4. 承認

10. 来月末までに新しいビルへの(　　)ができます。
1. 異動　　　　　　　　2. 移転
3. 移住　　　　　　　　4. 異郷

短　文 6

　　自然と芸術との関係はけっして単純ではない。一般に、「自然を写し、再現させるもの」と考えられている美術——特に絵画——の場合でさえ、そうだった。それというのも、ひとつには人間がすでに「自然の一部」であり、しかも「自然に向かって対立し、それを解釈する立場にいる存在」だからで、「自然」はけっしてあらゆる人間に同じものとしてたち現れるのではない。そうである以上、「自然を再現させる」とか「自然を忠実に写す」とか言っても、それはそれを行う芸術家の「自然」をどうみるかということと切り離しては、「＿＿＿＿＿」わけです。

　　（吉田秀和『人生を深く愉しむために』海竜社による）

読解練習

　　文章を読んで、それぞれの問いに対する答えとして最も適当なものを1、2、3、4から一つ選びなさい。

問1　この文章から、自然と絵画との関係はどのようなものだと考えられますか。

　　　1. 自然の一部として人間の前にたち現れるものが絵画である。

　　　2. あらゆる自然を絵画は忠実に写し、再現させることができる。

3. 自然と人間は無関係なので、絵を描く人間と自然
　とも無関係である。
4. 絵画は描く人が自分も含んだ自然を解釈すること
　に基づいている。

問2　この文章の「　　　　」の部分には、どんな内容の表現
　を入ることができるか。
　　1. ありかねない　　　　　2. ありえない
　　3. ありえる　　　　　　　4. ありかねる

語　彙　練　習

一、発音を聞いて、対応する日本語の常用漢字を書いて
　ください。
　　1. _____ ;　　2. _____ ;　　3. _____ ;　　4. _____ ;
　　5. _____ ;　　6. _____ ;　　7. _____ ;　　8. _____ ;
　　9. _____ ;　　10. _____ 。

二、次の文の___に入れる言葉として最も適切なものを
　一つ選びなさい。
　　1. 欧州連合（EU）は18日、ギリシャのような財政危機
　　　の_____を防ぐため、EUの財政規律を定めた「安定
　　　成長協定」に違反した加盟国に「ほぼ自動的」に制
　　　裁を科すことを柱とする制裁強化策で基本合意した。
　　2. RealPlayerは、動画投稿サイトなどから動画をダウン
　　　ロードして保存し、すぐに_____できる無料ソフ

トです。

3. このコーナーは古今東西の様々な戦場で兵士達が食べたであろう「食糧」について、書籍や映像を元に実際に＿＿＿＿して試食することを目的としている。

再現　再生　再発

三、言葉の理解

1. 例 文

再＋～

1. ミュージカル『冒険者たち』再演記念イベントは今日東京で開かれた。
2. 親の勧める再縁の話を断った。
3. ドイツでは2000年の4月に再生可能エネルギー法（REL）が施行されている。

2. 会 話

A：最近、石田さんの「再生ガラスの目」っていう小説を読みました。

B：どう。いい感じ？

A：どちらも男から書かれた、都合のいい話のように感じられ、石田さんの女性像ってこれなのかとややがっかりした部分がありましたが、さまざまな傷から再生していく主人公の様子は、石田さんらしい筆風かな。

B：ええ、じゃあ、やはりじんわり心にしみるところがあるってわけか。後で、私も読んでみる。

3. 拡大練習

考えられる言葉を入れてみましょう。

再＋＿＿＿＿＿＿＿＿＿＿＿＿＿＿＿

完全マスター

1. 私の理論を（　　）に移すための方針は既に考えてあ
   ります。
   1. 実践　　　　　　　　　2. 実質
   3. 実施　　　　　　　　　4. 実行

2. 彼は多額の財産を相続することを（　　）したそう
   だ。
   1. 廃止　　　　　　　　　2. 廃棄
   3. 廃棄　　　　　　　　　4. 放棄

3. 彼は自分の研究論文が認められないので学会を
   （　　）してしまった。
   1. 退会　　　　　　　　　2. 脱線
   3. 後退　　　　　　　　　4. 辞退

4. 新しい機械の説明を聞いたが、何度聞いても（　　）
   よくわからない。
   1. たやすくて　　　　　　2. ややこしくて
   3. なやましくて　　　　　4. ものたりなくて

5. 彼は会議ではいつも(　　)発言するが、実行が伴わないからあまり信頼されていない。
   1. 盛大に　　　　　　　　2. 頑固に
   3. 活発に　　　　　　　　4. 壮大に

6. 王女の結婚式が長い歴史のある教会で(　　)行われた。
   1. おごそかに　　　　　　2. すこやかに
   3. しとやかに　　　　　　4. おろそかに

7. その洋服は少し大きすぎないか。なんだか(　　)した感じがするよ。
   1. だぶだぶ　　　　　　　2. ずるずる
   3. ふらふら　　　　　　　4. ながなが

8. 人前に出ると(　　)してしまうから、営業の仕事なんてとうてい無理だよ。
   1. どうどう　　　　　　　2. おどおど
   3. いやいや　　　　　　　4. まちまち

9. 宇宙ロケットで飛び立った飛行士から地球への(　　)が送られてきました。
   1. コマーシャル　　　　　2. メッセージ
   3. コメント　　　　　　　4. モニター

10. 盗んですぐ中古品店に持ち込んだ機械の製造番号から(　　)がついたらしいですよ。
    1. 鼻　　　　　　　　　　2. 足
    3. 目　　　　　　　　　　4. 気

短　文 7

　人に会うときの心構えは、どんな場合でも同じだが、初対面のときは特に細かいところまで気を配る必要がある。第一印象は決定的だ。最初の出会いのときに、どんな人であるか、だいたいの判断をされてしまい、それは固定観念となってしまう。そのあとで、すこしぐらいことなった発言をしたり、新しい行動様式が見られたとしても、第一印象の内容のそれぞれに無理やり当てはめられてしまう。

　「＿＿＿＿」、第一印象によって形成された先入観ないし偏見という「色眼鏡」ですべてがみられてしまうのだ。その色眼鏡を外させたり、異なった色のものに変えさせたりするのは、至難の業である。従って、自分をもっともよく見せる色眼鏡を、相手に最初からかけてもらうように努める必要がある。

　（山崎武也『20代からの気の利いた「マナー」が分かる本』三笠書房による）

 読解練習

　文章を読んで、それぞれの問いに対する答えとして最も適当なものを1、2、3、4から一つ選びなさい。

問1　この文章の「＿＿＿＿」の部分には、どんな内容の表現を入ることができるか。

　　　1. したがって　　　　　　2. すなわち

3. だからといって　　　　4. だからといっても

問2 「その色眼鏡を外させたり、異なった色のものに変えさせたりする」とあるが、これはどういう意味か。
　1. 他人に気を配りすぎている人に、自分の本当の気持ちを表せること。
　2. 自分と異なる発言や行動をする人を、自分と同じ考え方に変えさせること。
　3. 最初の印象によってできたその人についての判断を、後から変えさせること。
　4. 出会いのとき、印象をよくしようとして飾っているひとの本当の姿を出させること。

 語彙練習

一、発音を聞いて、対応する日本語の常用漢字を書いてください。
　1. ＿＿＿＿；　　2. ＿＿＿＿；　　3. ＿＿＿＿；　　4. ＿＿＿＿；
　5. ＿＿＿＿；　　6. ＿＿＿＿；　　7. ＿＿＿＿；　　8. ＿＿＿＿；
　9. ＿＿＿＿；　　10. ＿＿＿＿。

二、次の文の＿＿＿に入れる言葉として最も適切なものを一つ選びなさい。
　1. いい例文を作るには、次の3点に＿＿＿＿べきだと思う。
　2. いつもお＿＿＿＿ていただきうれしく思います。
　3. 彼女は非常に親切で、細かいことに＿＿＿＿。

気を配る　気にかける　気を使う

三、言葉の理解

1. 例 文

～気が移る；～気を利かせる；～気を配る

1. 次々に<u>気が移っ</u>て買うものが決まらない。
2. 社会生活の中、相手に気づかせないで、さりげなく<u>気を利かせる</u>ことは、相手を幸せな気分にさせる最上のことだ。
3. 今回のレポート作りには読みやすさに<u>気を配って</u>いる。

2. 会 話

A：今回、提出した議案書はどうも分かりにくいなあ。

B：そうですか。結構読みやすさに**気を配っ**たつもりですが。

A：例えば、第一節の真ん中のところ、長い文で、結局何を言おうとしているかが分からなかったです。

B：分かりました。もう一度考え直します。

3. 拡大練習

考えられる言葉を入れてみましょう。

気が移る：＿＿＿＿＿＿＿＿＿＿＿＿

気を利かせる：＿＿＿＿＿＿＿＿＿＿

気を配る：＿＿＿＿＿＿＿＿＿＿＿＿

完全マスター

1. 歌手にしても舞台俳優にしても、きょうの公演は
   （　　）だったと思う日はないそうだ。
   1. 賢明　　　　　　　　　2. 完璧
   3. 精巧　　　　　　　　　4. 高尚

2. 彼の自慢話を何度も聞かされて、全く（　　）だよ。
   1. なにより　　　　　　　2. げっそり
   3. うんざり　　　　　　　4. おおげさ

3. あんなに一生懸命勉強したのに受験に失敗して
   （　　）してたよ。
   1. がっしり　　　　　　　2. がっちり
   3. がっくり　　　　　　　4. びっしょり

4. 毎日の（　　）の積み重ねがノイローゼの原因になり
   ます。
   1. ストレス　　　　　　　2. ストライキ
   3. ボイコット　　　　　　4. インフレ

5. 甘いものに（　　）がなくて、つい食べてしまうんで
   すよ。
   1. 手　　　　　　　　　　2. 足
   3. 目　　　　　　　　　　4. 口

6. もう（　　）も仕方がない。やるだけやってあきらめ
   よう。
   1. といで　　　　　　　　2. すすいで
   3. ゆらいで　　　　　　　4. もがいて

7. 晴れた日に干したふとんをパンパン（　　）と気持ち

がいい。
1. つつく　　　　　　　　2. はたく
3. はじく　　　　　　　　4. はたす

8. この机はわざわざ注文してイタリアから(　　)もらったものだ。
1. 取り立てて　　　　　　2. 取り次いで
3. 取り寄せて　　　　　　4. 取り付けて

9. 会社の備品を買いたいときは、あらかじめ(　　)してください。
1. 申告　　　　　　　　　2. 要請
3. 申請　　　　　　　　　4. 要求

10. 会社を成長させるために、古い組織の(　　)と管理職の若返りが求められている。
1. 確信　　　　　　　　　2. 変形
3. 革新　　　　　　　　　4. 革命

短　文　8

　今まで、盛んに「学力」という言葉を使ってきたが、「学力」とは何であろうか。私たちが身近に使っている「学力」という言葉は、驚くなかれ、外国語に翻訳できないのである。それは、学習してどこまで到達したかという、学んだ成果を示す「学力」のほかに、学ぶ力という意味での「学力」であり、この両者が一体となって、わが国

では「学力」という言葉を形作ってきたからである。したがって、一口に「学力低下」というときに、どちらの学力が低下しているのかをきちんとしておかないと、誤解が生じることになる。大学関係者の多くが指摘する「学力低下」は、単なる知識の量が足りないという学んだ成果を示す「学力」の低下ではない。どうして学んだらいいか分からない。マニュアル通りにしかできない、という学ぶ力としての「学力」の大幅な低下を問題として、現状を憂えているのである。

（上野健爾「『学力低下』とは何か」『学力が危ない』岩波書店による）

 読解練習

　文章を読んで、それぞれの問いに対する答えとして最も適当なものを1、2、3、4から一つ選びなさい。

問1　「現状」とあるが、学力についての現状の問題と合っているものはどれか。
　　1. 知識の量が少ない学生が多い。
　　2. 学び方が分からない学生が多い。
　　3. 学生は「学力」の意味を誤解している。
　　4. 大学関係者は学力の意味を誤解している。

問2　筆者の考えている「学力」とは何か。
　　1. 学習して身につけた知識の量。
　　2. 外国語学習における知識と学ぶ力。

3. 学んだ成果と学ぶ力とあわせたもの。

4. どのようにして学んだらいいかを考える力。

語彙練習

一、発音を聞いて、対応する日本語の常用漢字を書いて
ください。

1. ＿＿＿＿；　　2. ＿＿＿＿；　　3. ＿＿＿＿；　　4. ＿＿＿＿；

5. ＿＿＿＿；　　6. ＿＿＿＿；　　7. ＿＿＿＿；　　8. ＿＿＿＿；

9. ＿＿＿＿；　　10. ＿＿＿＿。

二、次の文の＿＿に入れる言葉として最も適切なものを
一つ選びなさい。

1. 彼は大金持ちだと言われているが、その身なりや暮
らしぶりなどの実際の生活は実に＿＿＿＿なものであ
る。

2. 部屋の様子は、想像していた華やかささはまったく
なくて＿＿＿＿なくらいさっぱりしたものだった。

3. 大学の先生がフランス哲学に関する私の＿＿＿＿な質
問にわかりやすい言葉で丁寧に答えてくれた。

4. 春子は＿＿＿＿で目立たない色合いの洋服を上手に着
こなしている数少ない女性であった。

質素　簡素　素朴　地味

三 、言葉の理解

1. 例 文

素～ ；～素 ；

1. 日本の一部分では 、今でもまだ<u>素朴な</u>漁法で魚を取っている 。
2. <u>質素な</u>生活をしている母はなぜこんな豪華な買い物をしたのか 、よく分かりません 。
3. <u>素面</u>では言いにくい話は酒の力を借りて言い出してしまいました 。

2. 会 話

A : 素朴な疑問ですが、育メンが育休中に何するの ？

B : これはもちろん妻を手伝って 、ミルクやりやオムツ替えなどをすることでしょう 。

A : そう思わないけどな 、三度の食事の世話や 、母子で寝ているときのテレビの音などは 、ちょっと迷惑 … そもそも 、男性の育休とは何なのか 。

B : そうですか 。

A : 子供の面倒を見る女性 、子供のために外で働いている男性 、どちらも子育てなのではないか 。わざわざ育休を取る必要はないと思います 。

3. 拡大練習

考えられる言葉を入れてみましょう 。

素＋ ＿＿＿＿＿＿＿＿＿＿＿＿＿＿＿＿

＿＿＿＿＿＿＿＿＿＿＿＿＿＿＿＿

＿＿＿＿＿＿＿＿＿＿＿＿＿＿＿＿

1. 国連の重い任務を(　　)、戦争をしている国に赴いた。

    1. かばって　　　　　　　　2. そむいて

    3. になって　　　　　　　　4. うながして

2. 子供をそんなに(　　)と危ないですよ、ゆっくり行きましょう。

    1. あかす　　　　　　　　　2. おかす

    3. かわす　　　　　　　　　4. せかす

3. 人気スターの車が到着すると、どっとファンが(　　)負傷者が出てしまった。

    1. 押し込んで　　　　　　　2. 押し寄せて

    3. 押し出して　　　　　　　4. 押し入れて

4. 地域を(　　)するために必要な多額の資金は税金だけではまかなえない。

    1. 開発　　　　　　　　　　2. 開拓

    3. 開放　　　　　　　　　　4. 打開

5. 大統領暗殺のニュースが流れると、国民の間に大きな(　　)が走った。

    1. 攻撃　　　　　　　　　　2. 衝撃

    3. 打撃　　　　　　　　　　4. 衝突

6. 味方の失敗で、試合はにわかに(　　)不利に陥ってしまった。

    1. 形勢　　　　　　　　　　2. 形成

    3. 形態　　　　　　　　　　4. 体制

7. (　　)を転換すれば、もう少しおもしろい企画が出
せるはずだよ。

　1. 思想　　　　　　　　　2. 空想

　3. 発想　　　　　　　　　4. 愛想

8. 海外に駐在している彼の一時帰国する日が(　　)。

　1. このましい　　　　　　2. まちどうしい

　3. のぞましい　　　　　　4. せつない

9. 携帯電話の料金は高いから(　　)用件があるときだ
けかけるようにしている。

　1. 特急の　　　　　　　　2. 早急の

　3. 緊急の　　　　　　　　4. 応急の

10. 先日、見合いをした相手から(　　)断りの電話があ
った。

　1. 婉曲に　　　　　　　　2. 円満に

　3. 円滑に　　　　　　　　4. 遠慮に

第二章　中文

キーポイント

☆　論説文の場合、各段落の要点・まとめとなる単語や
　　文を見出し、下線を引こう。
☆　小説、随筆の場合、5Wを見出し、下線を引こう。

中　文 1

　世界の諸民族の挨拶を調べると、（中略）握手に代表さ
れるような相互的なあいさつはきわめて珍しいことがよく
分かる。それはたいていの社会で、身分や地位や役割がは
っきり定まっているからにはほかならない。また、毎日の
軽いあいさつが行われる社会が少ないというのは、それら
の社会では人々はもっぱら家族や部族など所属する社会集
団の成員として生きていて、個人としての役割があまり認
められていないことと関係している。そうした集団内で
は、もののやりとりなどの際にも、普通のあいさつはいら

ないのである。たとえば、インドでは、家族や友人の間で
は普通感謝の表現は行われない。かえってタブー視される
のだが、家族の食卓で塩を手渡してもらっても「ありがと
う」という欧米流は、家族が一体になって暮らす社会で
は、むしろ“他人行儀”なことなのだろう。

　日本人もいつのまにか家庭のなかで「ありがとう」を繰
り返すようになった。しかも、それは文句なしにいい習慣
と考えられているようだ。それは家族が身を寄せ合うよう
にして生きていた暮らしがすっかり過去のものなり、人間
関係が様変わりしたことを如実に物語っている。

　　（野村雅一『身振りとしぐさの人類学』中央公論新書による）

 読　解　練　習

　次の文章を読んで、それぞれの問いに対する答えとし
て最も適当なものを1、2、3、4から一つ選びなさい。
問1　「相互的なあいさつはきわめて珍しいこと」とある
　　が、なぜか。
　　1. 多くの社会では、人々の身分や役割が決まってい
　　　るから。
　　2. 身分や地位に関係なく、握手が代表的なあいさつ
　　　だから。
　　3. 毎日の軽いあいさつが行われるのが、あたりまえ
　　　だから。
　　4. 世界の諸民族では、身分や役割がまだはっきり
　　　決まっていないから。

問2　インドについての説明として正しいものはどれか。
　　1. 個人としての役割が認められているので、普通家族に「ありがとう」と言わない。
　　2. 家庭の食卓で塩を手渡してもらって感謝の表現を使わないことは、タブー視される。
　　3. 家族や親族などの社会集団の成員同士の間では、感謝の表現がよく使われる。
　　4. 家族が一体となって暮らす社会なので、あまり「ありがとう」と言わない。

問3　日本についての説明として正しいものはどれか。
　　1.「ありがとう」がいい習慣と考えられるのは、人間関係が変わって個人としての役割があまり認められていないからである。
　　2. かつて家庭の中で感謝の表現はあまり使われなかったが、最近はいい習慣と考えられて頻繁に使われる。
　　3. 昔から家庭の中では感謝の言葉がよく使わいていたが、最近文句なしのいい習慣として定着している。
　　4. 家庭のなかで感謝の言葉がよく使われるのは、家族が身を寄せ合うようにして暮らしているからである。

一、発音を聞いて、対応する日本語の常用漢字を書いて
　ください。

　　1. _____ ；　　2. _____ ；　　3. _____ ；　　4. _____ ；

　　5. _____ ；　　6. _____ ；　　7. _____ ；　　8. _____ ；

　　9. _____ ；　10. _____ 。

二、次の文の____に入れる言葉として最も適切なものを
　一つ選びなさい。

　　1.「漢字を増やした方がいいのかな」と考えてしまい
　　　がちですが、_____、ひらがなを増やした方が、ス
　　　マートに見えることをご存知でしょうか。

　　2. はやく行こうとしてタクシーに乗ったら、_____遅
　　　くなった。

　　3. 今日のCNNのニュースで、現在世界最大の都市は東
　　　京であり、_____、ダントツだという話があった。

　　　　かえって　むしろ　しかも

三、言葉の理解

　1. 例文

　　かえって；あえて；しいて

　　1. 勉強しろと言われると、かえってしたくなくなる。

　　2. あえて一言だけ言わせていただくと、この計画は
　　　最初から無理があったということです。

　　3. 彼の欠点をしいてあげるとするならば、優しすぎ

る点でしょう。

2. 会話

A：昨日、安い中古車を買いました。

B：何を考えているの、新車も安いのに…安い中古車は長い目で見ると、**かえって**お金がかかるかも。

A：どうしてですか。

B：結構走ったから、性能も落ちているし、ちょうど修理にお金がかかるところだと思いますよ。

A：そういわれると、そうかもね。しかし、戻すわけにはいかないし、まあ、新車の値段の三分の一ですから、修理が必要なとき、そのまま捨てるよ。

3. 拡大練習

意味を考えて、例文を作ってみましょう。

しいて：＿＿＿＿＿＿＿＿＿＿＿＿

あえて：＿＿＿＿＿＿＿＿＿＿＿＿

かえって：＿＿＿＿＿＿＿＿＿＿＿

完全マスター

1. 昔は病気ばかりしていたが、サッカー部に入ってから（　　）なった。

   1. すばしこく　　　　　　2. しぶとく
   3. たくましく　　　　　　4. ものたりなく

2. 毎日の復習を（　　）にしてはいけない。油断大敵である。

   1. ゆるやか　　　　　　2. おろか

3. おろそか　　　　　　　　4. しなやか

3. 画家の彼女は性格は(　　　)だが、作品にはとても派
手な色を使う。

　　1. 簡単　　　　　　　　　2. 地味

　　3. 悲惨　　　　　　　　　4. 独自

4. ただのかぜで入院するなんて(　　　)人だなあ。

　　1. しとやかな　　　　　　2. あざやかな

　　3. つぶらな　　　　　　　4. おおげさな

5. 旅行も買物もカード一枚でオーケー。もう(　　　)手
続きはいりません。

　　1. ひさしい　　　　　　　2. わずらわしい

　　3. たやすい　　　　　　　4. あくどい

6. 犯行直前に現場で(　　　)人物を見かけたという証言
があった。

　　1. 不良な　　　　　　　　2. 不振な

　　3. 不明な　　　　　　　　4. 不審な

7. 誰にも言わずにひとりで(　　　)会社の設立を計画し
ている。

　　1. あやふやに　　　　　　2. ひそかに

　　3. こっけいに　　　　　　4. すこやかに

8. 最後まであきらめずに(　　　)がんばる。

　　1. あっけなく　　　　　　2. そっけなく

　　3. しぶとく　　　　　　　4. ややこしく

9. 海外旅行は初めてだが、経験豊富な友人と一緒なの
で(　　　)。

　　1. 悩ましい　　　　　　　2. 浅ましい

3. 快い　　　　　　　　　4. 心強い
10. 講演の内容は、別に珍しくもない（　　）話だった。
　　1. たるんだ　　　　　　　2. とろけた
　　3. あつらえた　　　　　　4. ありふれた

中　文 2

　　大人の言葉と子供の言葉の場合も、大人の言葉が「中
心」で、子供の言葉は「中心」ではありません。だから、
普通は、私たちは、「中心」であるところの大人の言葉を
維持しなければならないと思っており、子供が何か変わっ
た言い方をしますと、（①）。
　　しかし、その反面、子供の言葉というのは、必ずしも全
部大人の言葉に合わせて直されてしまうわけではありませ
ん。それは、ことばというのが、時代とともに変わるとい
うことをみればすぐ分かることです。「言葉が変わる」と
いう場合、それは世代から世代へ移り変わりで、ずれが起
こっている②ということですし、そのずれというのは、子
供のことばに始まったものが、それを直そうとする試みに
もかかわらず、仕切れなくて、それが大人の言葉の中に入
り込み、言語を変えるのだと考えることができます。こん
なふうに考えてきますと、「中心」でないもの③も、最近
の言葉を使いますと、文化というものを「活性化」する、
つまり、それに活力を与える──そういう意味を持ってい

るものとして捉えなおすことができるわけです。

　（池上嘉彦『ふしぎなことば　ことばのふしぎ』筑摩書房による）

　次の文章を読んで、それぞれの問いに対する答えとして最も適当なものを1、2、3、4から一つ選びなさい。

問1　（　①　）に入るものとしてもっとも適当なものがどれか。
　　　1. それはおかしいといって直すことをやります。
　　　2. それはいいと言って大人の言葉に取り入れます。
　　　3. 無理に直そうとしないでしばらく様子を見ます。
　　　4. まったく直そうとしないでそのまま放っておきます。

問2　「ずれが起こっている②」とは、たとえばどういうことか。
　　　1. 大人の言葉が子供の子供の言葉を活性化すること。
　　　2. 子供の言葉が大人の言葉の中に入り込むこと。
　　　3. 子供の言葉と大人の言葉がお互いに活性化しあうこと。
　　　4. 大人の言葉が子供の言葉の中にいつのまにか入り込むこと。

問3　「『中心』でないもの③」とは何を指すのか。
　　　1. 昔の言葉　　　　　　2. 大人の言葉

3. 子供の言葉　　　　　4. 世代間の言葉のズレ

語彙練習

一、発音を聞いて、対応する日本語の常用漢字を書いてください。

1. ＿＿＿；　　2. ＿＿＿；　　3. ＿＿＿；　　4. ＿＿＿；
5. ＿＿＿；　　6. ＿＿＿；　　7. ＿＿＿；　　8. ＿＿＿；
9. ＿＿＿；　10. ＿＿＿　。

二、次の文の＿＿に入れる言葉として最も適切なものを一つ選びなさい。

1. ＿＿＿技術の開発を豊田メタル（株）と共同で取り組んできました。

2. 地域の再生に向けた戦略を一元的に立案し、実行する体制をつくり、有機的総合的に政策を実施していくため、地域＿＿＿関係4本部を合同で開催することとし、4本部の事務局を統合して「地域＿＿＿統合事務局」を新たに設置しました。

3. 「＿＿＿」に関連する疑問をYahoo！知恵袋で解消しよう。

4. ＿＿＿の意味理論を＿＿＿するってどういうことですか…「理論＿＿＿をする」っていう表現はないと思います。

活性化　活用化　科学化　成人化

三、言葉の理解

1. 例　文

～化

1. 経済産業局では地域の国際化を促進し、地域経済の<u>活性化</u>を推進するため以下の業務に取り組んでいます。

2. 針灸の<u>科学化</u>に力を注いだ人に感謝の意を表したい。

3. 地域を<u>活性化</u>するアイデア・方法を募集するネットが出てきた。

2. 会　話

A：就職おめでとう。

B：ありがとうございます。

A：石油産業**活性化**センターに就職したそうですが、どんなことをするところなの。

B：そうですね、石油に関する技術開発、調査研究、情報収集、提供などの事業を行うところです。

A：じゃあ、どの部門に配属されましたか。

B：まだ一ヶ月しか経ってないので、専門所属部門はまだ分かりません、とりあえず、仕事を見習ってくださいって言われました。

A：そうですか、じゃあ、がんばってね。

3. 拡大練習

考えられる言葉を入れてみましょう。

_____

_____＋化

_____

☕ 完全マスター ≪

1. 離婚の話が（　　　）、とうとう法廷で争うことになってしまった。
   1. こだわって　　　　　　2. こじれて
   3. ごまかして　　　　　　4. もがいて

2. 競争率50倍の難関を（　　　）抜けて、ついに念願のN大学に入学した。
   1. たどり　　　　　　　　2. ねだり
   3. くぐり　　　　　　　　4. しくじり

3. いつも夜道で（　　　）歌は学生時代の思い出の歌である。
   1. ばらまく　　　　　　　2. くちずさむ
   3. さえずる　　　　　　　4. ののしる

4. 国民のひたむきな努力が、日本経済の発展を（　　　）。
   1. もたらした　　　　　　2. もてなした
   3. そびえさせた　　　　　4. のぞませた

5. 出費が（　　　）、赤字になってしまった。
   1. こもって　　　　　　　2. さらって
   3. しみて　　　　　　　　4. かさんで

6. なんだかこの写真は、顔が(　　　)見える。
　　1. ばけて　　　　　　　　2. はげて
　　3. ぼけて　　　　　　　　4. ばてて

7. 宝くじが当たった！夢かと思って頬を(　　　)、やっぱり…
　　1. いじったら　　　　　　2. むしったら
　　3. めくったら　　　　　　4. つねったら

8. 冷たい水が、歯に(　　　)、思わず顔をゆがめた。
　　1. いたわって　　　　　　2. とぎれて
　　3. さわって　　　　　　　4. しみて

9. 今、彼は興奮しているから、気に(　　　)ようなことは言わない方がいいよ。
　　1. あざわらう　　　　　　2. もめる
　　3. さわる　　　　　　　　4. さえる

10. あとちょっとのところで(　　　)、契約書にハンコをもらえなかった。
　　1. さぼって　　　　　　　2. しくじって
　　3. へりくだって　　　　　4. おどして

中　文 3

　時間管理の技術を使いこなせるようになると、その人には、3つのチカラが付いていくと私は考えています。その3つのチカラを、・時知力・時感力・時行力①と呼ぶことにします。「時知力」というのは、自分がどれだけ時間を使えるのか、客観的に知るチカラ、そして、何に時間を使うのか、決断するチカラのことです。(中略)私は学生たちに時間の活用法について。「テレビを見ているときコマーシャルの間に大急ぎで何かやる、あの瞬発力を思い出せ」と教えている。30秒か1分の間にトイレに駆け込んだり、冷蔵庫を開けて何か食べ物を出したり、われわれは敏捷に行動する。あの要領で物事を処理すれば、相当たくさんの仕事ができるものなのだ。また、頭をそういう風②に使うことによって、錆付きがちな頭に刺激を与えるよすがにもなる。

　それをもうすこし延長して5分間仕事をいつも幾つか持っていることも大事だ。慣れれば人を待つ5分間ではがき1枚くらい書くことができる。手帳を開いてスケジュールのチェックをしたり、ショッピングリストを作ったり、いろいろなことが5分間で果たせる。だいたい、そういうハンパな時間は雑草のようなもので、気がつかないうちに、はびこってしまう。(中略)無駄なく使えば、それだけ人生は豊かになる。

読解練習

　次の文章を読んで、それぞれの問いに対する答えとして最も適当なものを1、2、3、4から一つ選びなさい。

問1　「時行力①」とは、どのような意味か。
　　1. 時間をどのように使うかという力。
　　2. 今やるべきことを計画する力。
　　3. 時間をどのように節約かという力。
　　4. 今やるべきことをやり始める、行動を起こす力。

問2　「そういう風②」とは、どういうことか。
　　1. 敏捷に冷蔵庫を開けて、ものを食べること。
　　2. 敏捷に物事を処理すること。
　　3. 要領よくものごとを処理すること。
　　4. 敏捷で要領よくものごとを処理すること。

問3　人生を豊かにするために、筆者が進める時間の使い方はどれか。
　　1. 人生でも時間が空いたら、小さな仕事を片付けるようにする。
　　2. 脳の刺激になるように、沢山の仕事を一度に集中して行う。
　　3. 大切な仕事は、あまり焦せないで、慎重に処理する。
　　4. 忙しい人生の中、ハンパな時間ぐらいはゆっくり過ず。

〈語〉〈彙〉〈練〉〈習〉

一、発音を聞いて、対応する日本語の常用漢字を書いて
　ください。

　　1. _____；　　2. _____；　　3. _____；　　4. _____；

　　5. _____；　　6. _____；　　7. _____；　　8. _____；

　　9. _____；　10. _____。

二、次の文の＿＿に入れる言葉として最も適切なものを
　一つ選びなさい。

　　1. 本書は、大佐地区の優れた活動を紹介しながら、
　　　「地域自給」と「地域自治」という概念に着目し、
　　　地区が自給力や_____を失ってきた歴史的過程と現
　　　住民の生活様式や意識を再検討している。

　　2.「_____」というのは、今この瞬間を楽しんで、活
　　　用するチカラそして、目の前のことに、集中するチ
　　　カラのことです。

　　3. 自分時間をしっかり確保することが、豊かな人生を
　　　実現する第一歩。そのための段取力、_____をぜひ
　　　身につけていただきたいと思います。

　　4. 総会後は岩根良さんに「『_____』で政治・経済・
　　　地域を動かす」と題して記念講演をしていただきま
　　　した。

　　　　┌─────────────────────────┐
　　　　│　自知力　時間力　自治力　時感力　│
　　　　└─────────────────────────┘

三、言葉の理解

1. 例 文

～力

1. 自分の話の<u>説得力</u>がどこから来るかは常に反省する必要がある。

2. この<u>自信力</u>UPプロジェクトは、ただ単にファッションアドバイスをするだけではありません。

3. 時間の使い方つまり<u>時間力</u>を常に意識していくのは大事なことだと思う。

2. 会 話

A：私は時間の使い方があまり上手でなくて、仕事がいつも溜まっている感じ、どうしよう。

B：つまり「**時間力**」がないってこと。

A：「時間力」、どういうことですか。

B：仕事上の時間は共有物である事を理解し、協働のメリットを享受するため、無駄や遅れを排除する時間の使い方ができる能力ってこと;最近、これに関する講座が多いそうです。

A：そうですか、私も聞いてきます。

3. 拡大練習

考えられる言葉を入れてみましょう。

(1) ＿＿＿＿＿＿＿＿＿＿＿

(2) ＿＿＿＿＿＿＿＿＿＿＿＋力

(3) ＿＿＿＿＿＿＿＿＿＿＿

1. 正確に情報を(　　)して、全世界に送るジャーナリストたち。
   1. キャッチ　　　　　　　　2. リード
   3. コントロール　　　　　　4. チェンジ

2. (　　)を守らない者は自由を拘束されるというのも、事実だ。
   1. ポイント　　　　　　　　2. マーク
   3. ジャンル　　　　　　　　4. ルール

3. 人気歌手J。来月(　　)待望の新曲が発売される。
   1. ブーム　　　　　　　　　2. ファン
   3. ゲスト　　　　　　　　　4. スター

4. もううんざりの雨続きと仕事の(　　)を解消するには、カラオケが一番。
   1. ショック　　　　　　　　2. レッスン
   3. ストレス　　　　　　　　4. インフレ

5. パソコン通信という新しい(　　)が開発された。
   1. マスコミ　　　　　　　　2. サイズ
   3. コマーシャル　　　　　　4. メディア

6. 円高で日本の自動車(　　)が打撃を受けている。
   1. コーナー　　　　　　　　2. メーカー
   3. ホール　　　　　　　　　4. ラベル

7. この本の(　　)は『日本語能力試験に出る文字・語彙』だ。
   1. メッセージ　　　　　　　2. コメント

3. ヒント   4. タイトル

8. この文章は抽象的で(　　　)がつかみにくい。

1. ヒント   2. ピント

3. ポイント   4. ジャンル

9. 彼女は自分の感情のまで(　　　)できる、とても理想的な女性だ。

1. リード   2. ボイコット

3. オープン   4. コントロール

10. 友達の誕生日。プレゼントに添えて(　　　)贈る。

1. メッセージ   2. レギュラー

3. レッスン   4. コーナー

 中 文 4

ビジネス心理テスト；つぎはある会社の上司のことを観察して答えるものです。デスクに向かいながら、部下と話しをしているときの上司の手の動きをチェックしてみましょう。

上司の手の動き①は、つぎのどれですか？

A 筆記用具やタバコなどをさわっている。

B 腕組みなどをして、自分の体にふれている。

C デスクの上に手を置いている。

ビジネス心理テストの結果分析：

［Aを選んだ人］

物に手を触れるのは、不安や戸惑いを表します。上司は部下を真面目な人間と思い、それなりに能力も評価していそう。ただしっかりみどころがなく、退屈な人と感じている可能性も、もう少しフレンドリーに接しては②。

　[Bを選んだ人]

　腕組みは、無意識下の拒否を表します。上司は部下の仕事振りに対して、何か不満を持っているのかもしれません。手抜きをしたりしてはいないか、胸に手を当てて反省してみては。もうすこしマジメで有能なところをアピールすべき。

　[Cを選んだ人]

　デスクの上に手はリラックスした状態を表します。上司は部下に好印象を抱いていそう。若い時の目を見ているような気持ちで、仕事を教えたいなんて思っているかも。部下から質問をしたりするとさらにいい関係に。

　（亜門虹彦『「仕事」と「人間関係」に役立つ心理学101題』による）

🏺 読 解 練 習

　次の文章を読んで、それぞれの問いに対する答えとして最も適当なものを1、2、3、4から一つ選びなさい。
問1　「上司の手の動き①」とは、なにを表しているか。

　　1. 上司の手の動きは無意識の中での部下への評価を表している。
　　2. 上司の手の動きは無意識の拒否を表している。
　　3. 上司の手の動きは無意識の満足を表している。

4. 上司の手の動きは無意識の中での部下への不満を
　　表している 。

問2　「 フレンドリーに接しては② 」とあるが 、誰が誰に
　　フレンドリーに接するのか 。
　　1. 上司が部下に接すること 。
　　2. 部下が上司に接すること 。
　　3. 上司が会社のほかの人間に接すること 。
　　4. 部下が会社のほかの人間に接すること 。

問3　上記部分のビジネス心理テストの結果に基づいて 、
　　Bを選んだ人は 、上司と部下の関係に対しどう改善
　　すべきか 。
　　1. 直接に上司にいろいろ聞くこと 。
　　2. 自分の能力をアピールすべきである 。
　　3. 自分の不安を上司にこぼすこと 。
　　4. 自分の弱みを正直に言い出し 、助けを求めること 。

語彙練習

一 、発音を聞いて 、対応する日本語の常用漢字を書いて
　　ください 。
　　1. ＿＿＿＿ ;　　2. ＿＿＿＿ ;　　3. ＿＿＿＿ ;　　4. ＿＿＿＿ ;
　　5. ＿＿＿＿ ;　　6. ＿＿＿＿ ;　　7. ＿＿＿＿ ;　　8. ＿＿＿＿ ;
　　9. ＿＿＿＿ ;　　10. ＿＿＿＿ 。

二、次の文の＿＿に入れる言葉として最も適切なものを一つ選びなさい。

1. 文化や行事など、いろいろな魅力に＿＿＿京都を紹介したいと思います。

2. 本企画展では、さまざまな物に直接＿＿＿ことができるという触覚によるおもしろさに迫ります。

3. 当社に＿＿＿報道によって、皆さまに多大なるご心配をおかけして、誠に申し訳ありません。

> さわる　あふれる　かかわる

三、言葉の理解

1. 例 文

〜ふれる

1. 今回の旅行はすばらしい自然に<u>触れる</u>旅だ。

2. 彼女に<u>振られ</u>てから、彼はずっと落ち込んでいた。

3. むばたまの夜のみ<u>降れる</u>白雪は.冬の歌の中でも、特に好きな歌だ。

2. 会 話

A：鈴木さんはいつも一人で、さびしくないかな。

B：そうですね、何か**触れ**られたくない過去があるみたいですよ。

A：触れられたくない過去・興味がありますね。

B：人の秘密を探るなんて、変な趣味だね。

3. 拡大練習

考えられる言葉を入れてみましょう。

降れる：＿＿＿＿＿＿＿＿＿＿＿＿＿

振れる：＿＿＿＿＿＿＿＿＿＿＿＿＿

触れる：＿＿＿＿＿＿＿＿＿＿＿＿＿

完全マスター

1. 建築工事の業者が(　　)を抜いたせいか、このビル
はあちこちで雨漏りがする。
   1. て　　　　　　　　　　2. あし
   3. こし　　　　　　　　　4. かた

2. わたしのうちは学校から(　　)の先のところにあり
ます。
   1. てとあし　　　　　　　2. めとはな
   3. めとくち　　　　　　　4. めとみみ

3. 毎日、一生懸命勉強したおかげで、成績優秀な彼女
と(　　)を並べるまでになった。
   1. あたま　　　　　　　　2. かた
   3. こし　　　　　　　　　4. あし

4. 勉強もしないで試験に合格しようなんて、(　　)が
いい話だ。
   1. ねこ　　　　　　　　　2. うま
   3. むし　　　　　　　　　4. あじ

5. 相手の気持ちも考えて、なるべく(　　)が立たない
ように、言葉には十分気をつける。

1. うで 　　　　　　　　2. かお
3. かど 　　　　　　　　4. ゆび

6. 試験の当日にかぜで熱が出てしまって、せっかくの
努力が(　　)となってしまった。
1. 上の空 　　　　　　　2. 猫の額
3. スズメの涙 　　　　　4. 水の泡

7. 授業中は一生懸命、先生の話に(　　)をかたむける。
1. くび 　　　　　　　　2. みみ
3. かお 　　　　　　　　4. はな

8. 山田さんのご主人は、ほんとうにていねいで、だれに対しても(　　)が低い。
1. はな 　　　　　　　　2. かた
3. あし 　　　　　　　　4. こし

9. 一人でやりますと言ってしまったので、今更、(　　)助けてほしいとは言えない。
1. けむたくて 　　　　　2. せつなくて
3. きまりわるくて 　　　4. ばかばかしくて

10. 祭の日には色とりどりの(　　)民族衣装を身につけた女達が大勢集まった。
1. きらびやかな 　　　　2. きよらかな
3. だらしない 　　　　　4. みすぼらしい

中　文 5

　　集団アイデンティティに関して、ブリューアーは次のように述べている。人には「同化」の欲求がある。この欲求は、大きな集団の一部になることで「私はみんなと同じだ」と感じ安心したい、ということである。同化の欲求は、その集団が大きければ大きいほど、満足される。

　　しかし同時に、人は「分化」の欲求も持っている。これは、自分はほかの人とは違うし独自の存在であると思いたいという欲求である。この分化の欲求は同化の欲求とは逆に、より小さな集団を選んで属するほど、満足される。小さな集団の方が、ほかの人間とは違うということが、もっとはっきりするからである。

　　日本人にも、このような分化と同化の欲求がある。ブランドものを持っている人たちを見てみよう。ブランドものを持っている人たちは、（　①　）ことができるので、分化の欲求を満たすことができる。つまり、自分はほかの人と違うのだ、ということを示している。同時に、この人たちは、（　②　）ことができるから、「私も一緒」という安心感を得ることができる。分化と同化の2つの欲求を同時に満たせるので、ブランドものはとても便利に使われている。

　　　　　　　　　　（高木修『社会心理学への招待』による）

次の文章を読んで、それぞれの問いに対する答えとして最も適当なものを1、2、3、4から一つ選びなさい。

問1 次の4人のうち、分化の欲求が一番強いのはだれか。

　　1.「トイレに行くときも、友達も一緒なの」。

　　2.「みんなが見に行くような映画は見たくないわ」。

　　3.「流行の服を買うことが多いんです」。

　　4.「一人旅行もグループ旅行も両方好きだよ」。

問2 （①）に入る説明として、もっとも適当なものを選びなさい。

　　1.ブランドを持っていない人との違いを示す。

　　2.ブランドを持っている人との違いを示す。

　　3.ブランドを持っていない人たちのグループから分かれる。

　　4.同じブランドを持っている人たちの集団から分かれる。

問3 （②）にはいる説明として、もっとも適当なものを選びなさい。

　　1.同じブランドを持つ集団に属し、同化する。

　　2.同じブランドを持つグループから分化する。

　　3.違うブランドを持つ集団からも異なり、分化する。

　　4.違うブランドを持っているグループには同化する。

語彙練習

一、発音を聞いて、対応する日本語の常用漢字を書いて
ください。

1. _____ ;   2. _____ ;   3. _____ ;   4. _____ ;

5. _____ ;   6. _____ ;   7. _____ ;   8. _____ ;

9. _____ ;   10. _____ 。

二、次の文の____に入れる言葉として最も適切なものを
一つ選びなさい。

1. 人間の_____には限りがない。

2. 人間は満たされない_____があると、それを充足し
ようと行動するものだ。

3. 惚れた_____で相手を、実際以上に良く見たいと思
うものだ。

欲求　欲望　欲目

三、言葉の理解

1. 例 文

欲＋～

1. 欲目に見ても勝ち目はないので、あきらめたほう
がいいと思う。

2. アニメを通して、時代の欲望が見えるのではない
か。

3. 作り手は、視聴者の欲望をいかに捉えるかに常に
腐心している。

2. 会 話

A：昨日、スーパーで蟹が激安、ついつい**欲望**を抑
　　えきれず、買い求めました。

B：いいですね、私も食べたいなあ。

A：ところで、買ったとき「どうしてこんなに安い
　　のかしら」って思ってたの。

B：人はだれでも同じではないの、安いとその理由
　　を探したくなる。

A：これはどういう心理かな、安いものを求めてい
　　るのに、変わりにその理由を知りたい。

B：もっと安く買いたいからではないの。これは人
　　間の本能だと思います。

3. 拡大練習

考えられる言葉を入れてみましょう。

欲＋＿＿＿＿＿＿＿＿＿＿
　　　＿＿＿＿＿＿＿＿＿＿
　　　＿＿＿＿＿＿＿＿＿＿

☕ 完全マスター ≪

1. 異常な悪臭がしたので、鼻を（　　）逃げた。
　　1. つまんで　　　　　　2. つんで
　　3. つねって　　　　　　4. つまって

2. 他人の幸せや昇進を（　　）のは見苦しい。
　　1. にじむ　　　　　　　2. はげむ
　　3. ねたむ　　　　　　　4. うながす

3. 一度口に出して言ってしまったことを、いまさら（　　　）と思っても無理だよ。

1. 取り除こう　　　　　　　2. 取り消そう

3. 取り戻そう　　　　　　　4. 取り替えよう

4. 反対が多いのに、政府はその議案を（　　　）採決した。

1. 強制　　　　　　　　　　2. 無断

3. 強硬　　　　　　　　　　4. 強行

5. 引っ越し荷物が次から次に（　　　）良くトラックに載せられていく。

1. 手配　　　　　　　　　　2. 手口

3. 手分け　　　　　　　　　4. 手際

6. 会社経営の（　　　）が明らかになるにつれ、負債総額が10億円以上になることがわかった。

1. 態勢　　　　　　　　　　2. 実態

3. 事態　　　　　　　　　　4. 情勢

7. 洪水で不通になった道路の（　　　）作業がなかなかはかどらない模様です。

1. 回復　　　　　　　　　　2. 復活

3. 復旧　　　　　　　　　　4. 復興

8. 彼は（　　　）な作品を次々発表して批評家の注目をひいた。

1. 独占的　　　　　　　　　2. 独創的

3. 独裁的　　　　　　　　　4. 独自的

9. 梅雨になると曇りや雨の日が多く、（　　　）日が続く。

1. わずらわしい　　　　　　2. けがらわしい

3. ややこしい　　　　　　　4. うっとうしい

10. この家は骨組みが(　　　)だから孫の代まで大丈夫だ
ろう。
1. 厳密　　　　　　　　2. 強硬
3. 巧妙　　　　　　　　4. 頑丈

中 文 6

　朝青龍と白鵬が東西の横綱を占めたのは16場所、その
間、本割での対戦は11回にとどまる。やんちゃと優等生
の対比が鮮烈なためか、青白(しょうはく)時代はもっと
長った印象だ。「青」絡みの騒動が絶えなかったこともあ
る。「白」の連勝が称賛される中、朝青龍が(①)。〈自
業自得〉と銘打った引退興行。希代のマルチタレントは「
次の人生に夢をかける」と、土俵に別れのキスをした。相
撲取りは天職というより、自己表現②の一つだったのだろ
う…東大でモンゴル語を教える木村理子(あやこ)さん
は、青白をそれぞれ授業に招いている。白鵬は日本語で話
し始めて先生を慌てさせたが、朝青龍はほぼ母国語で通し
たという。木村さんは二人の生き方の違いを見た(中略)
白鵬は「すごいスポーツ選手でした」と、先輩を巧みに評
する。正統あっての異端。7連覇の頃は暴れん坊が歴史を
作るのかと心穏やかではなかったが、今は愛すべき人間味
が懐かしい。世界を視野に、英語を磨きたいと語る姿は、
白鵬とは別の意味で不世出に違いない；長い取材者は「強

いけど悪い、悪いけど憎みきれない…横綱としては許せなかったが、気がつけば人として魅力を感じていた③」と好意的だ（横野レイコ『朝青龍との3000日戦争』文芸春秋）。30歳の再出発を見守りたい。

（2010年10月4日天声人語による）

 読解練習

次の文章を読んで、それぞれの問いに対する答えとして最も適当なものを1、2、3、4から一つ選びなさい。

問1　（①）に入る言葉として、もっとも適当なものはどれか。

　1. 幕を下ろした　　　　2. まげを落とした

　3. 人生を終えた　　　　4. 物語を演じた

問2　「自己表現②」とは、どういうことか。

　1. みんなの前で自分をアピールすること。

　2. 自分なりの生き方で生きていくこと。

　3. きれいな言葉で自分のことを表現すること。

　4. 本当の自分を隠さず、そのままを出していること。

問3　「強いけど悪い、悪いけど憎みきれない…横綱としては許せなかったが、気がつけば人として魅力を感じていた③」とあるが、取材者は朝青龍のことをどう思っているか。

　1. 朝青龍のことが強いと思っていること。

2. 朝青龍のことを憎んでいること。

3. 朝青龍のことがすきだということ。

4. 朝青龍は史上一番の選手だと思っていること。

語彙練習

一、発音を聞いて、対応する日本語の常用漢字を書いてください。

1. _____; 　2. _____; 　3. _____; 　4. _____;

5. _____; 　6. _____; 　7. _____; 　8. _____;

9. _____; 　10. _____ 。

二、次の文の___に入れる言葉として最も適切なものを一つ選びなさい。

1. どんなに仕事の能力があろうとも、知識が豊富でも、経験が豊かでも、_____ないと判断されれば、そこでNGとなってしまいます。

2. _____溢れるってのは、いろいろありますが、愛嬌があること、特別美人、美男子でなくても、いわゆる味のある…

人間味　人間性

三、言葉の理解

1. 例文

〜味

1. サントリー酒類株式会社は10日、今月新発売し

たノンアルコールのビール風味飲料の販売を一時休止すると発表した。

2. 彼女は喜怒哀楽が全く見えず、何を考えているのか分からない、いわゆる人間味がない人だ。

3. 地球上で最も気味の悪い6つの場所は今回のテレビ紹介で初めて分かった。

2. 会 話

A：今日は「人間味」がないと言われましたけど、「人間味」はどういう意味なのでしょうか。

B：外見的に分かりそうなことは、「無表情」「動作がいきいきしていない」「そっけない態度」など。性格的なことは、「思いやりがない」、「冷たい性格」などでしょうかねえ。

A：そんなことはないじゃないですか。結構いろいろ話しているのになあ…

B：話すだけのことではない、もっと暖かく人と接触することよ。

A：まあ、私のことをこういう人は「人間味」があるってことかな。

3. 拡大練習

考えられる言葉を入れてみましょう。

＿＿＿＿＿＿＿＿＿＿＿

＿＿＿＿＿＿＿＿＿＿＿＋味

＿＿＿＿＿＿＿＿＿＿＿

1. 宗教の違う民族との(　　)は受け入れられないと主張して戦争を続けている。
   1. 共存 2. 共同
   3. 共有 4. 共和

2. 履歴書に書かれたこれまでの(　　)が素晴らしいので即座に採用が決まった。
   1. 経過 2. 経緯
   3. 過程 4. 経歴

3. 国際婦人会議に出席して婦人解放運動に対する(　　)を新たにした。
   1. 認識 2. 意識
   3. 常識 4. 標識

4. 改革開放政策により中国の経済は(　　)発展を遂げつつある。
   1. ふさわしい 2. おびただしい
   3. めざましい 4. なだかい

5. 私の妻は(　　)だから、毎日、家計簿と日記をつけている。
   1. 頑固 2. 慎重
   3. きちょうめん 4. おくびょう

6. このソファーに4人座ると、ちょっと(　　)じゃないかな。
   1. こっけい 2. 憂うつ
   3. きゃしゃ 4. 窮屈

7. あやふやな言い方をするより、(　　)断ったほうが ずっと親切だよ 。

　　1. きっぱり　　　　　　　2. くっきり

　　3. まるっきり　　　　　　4. てっきり

8. あの人は(　　)した人だから 、きちっと誤れば 、い つまでも怒ったりしないんだよ 。

　　1. あっさり　　　　　　　2. こうこうと

　　3. すんなり　　　　　　　4. まるまる

9. 私たちは(　　)通して世界中の情報を手に入れるこ とができるようになりました 。

　　1. ビジネス　　　　　　　2. メディア

　　3. テレックス　　　　　　4. コメント

10. 旅行でお金を使い過ぎて(　　)が出てしまった 。

　　1. 手　　　　　　　　　　2. 足

　　3. 目　　　　　　　　　　4. 顎

中 文 7

　先日、群馬県の知人から細長い宅配便が届いた。「生もの」「割れもの」と注意書きが2枚はってある。生もので割れものとは、思い込みを裏切る異質の取り合わせ①だ。宅配で送るものでは、あとはメロンぐらいだろうか。同様の意外性を、人間そっくりのロボットにも感じる。人肌をまとったような機械には、軟と硬、温と冷が同居している；ある百貨店グループが、初売りの話題づくりに人型ロボットの注文を取った。2体限りの特製で、価格は西暦にちなんで2010万円。それでも全国で数十件の応募があったそうだ；抽選のうえ、購入者と同じ顔、体、声を持つロボットを、開発会社のココロ（東京）が半年かけて作る。あらかじめ用意した言葉を、それなりの表情や身ぶりでしゃべるという。同じ大金を出すなら別の容姿にしたい気もするが、自分がもう一人いる世界も面白い；ロボットの好感度は、外見や動作が人間に近づくほど増す。ところが、ある時点で強烈な不快感に転じ、人と見分けがつかない水準で好感に戻るという。中途半端に（②）段階を「不気味の谷」と呼ぶそうだ。人と機械という異質をすり合わせ、「谷」を越えようとする人型ロボ。重さ100キロというから、輸送時は「割れもの」というより大型機械の扱いだろう。包装の片隅にでも小さく「生もの」とはってやりたい。

　　　　　　　（天声人語2010年1月6日による）

次の文章を読んで、それぞれの問いに対する答えとして最も適当なものを1、2、3、4から一つ選びなさい。

問1 「異質の取り合わせ①」とあるが、具体的にどういうことか。

　1. メロンは生ものではなく、われにくいもの。

　2. メロンは生もので、割れやすいもの。

　3. ロボットは生もので、割れやすいもの。

　4. ロボットは生ものではなく、割れやすいもの。

問2 （②）に入る言葉としてもっとも適当なものはどれか。

　1. 人らしい　　　　　2. 人みたい

　3. 人っぽい　　　　　4. 人がみ

問3 本文を読んで、筆者が一番言いたいことは何であろうか。

　1. 宅急便で送られてきたものはおかしいと思っている。

　2. たくさんの人は人型ロボットを注文することに驚いている。

　3. みんなのもう一人の自分を見たいという気持ちに理解できない。

　4. 今開発している人型ロボットは技術が進んでいますが、完全な人間になるのはまだ時間がかかりそうである。

語彙練習

一、発音を聞いて、対応する日本語の常用漢字を書いてください。

1. _____；　2. _____；　3. _____；　4. _____；

5. _____；　6. _____；　7. _____；　8. _____；

9. _____；　10. _____。

二、次の文の____に入れる言葉として最も適切なものを一つ選びなさい。

1. 今後は、インターネットで誰かに_____を与えただけで犯罪になる。匿名で不快な書き込みなどをネット上ですることを禁止する法令に、<u>ブッシユ大統領</u><u>が署名した</u>からだ。

2. デザインが_____だったり奇妙だったりする建築物画像を集めて語ろう。

3. 組織の中で前進していくためには、周囲の人から好感を持たれることがとても重要です。このテストでは、あなたの_____を測ります。

好感度　不快感　不気味

三、言葉の理解

1. 例 文

　～度

1. 大手会社は自社の事業の根幹がITによる仕組みで回っているので、技術者の事業に対する<u>貢献度</u>が

高い。
2. 名前を入力するだけで、<u>知名度</u>と人からどう思われているかを占うサイトが出てきた
3. 赤ちゃんの名前に関する<u>好感度</u>調査を今やっている。

2. 会 話

A：あなたの**好感度**をあげる「さしすせそ法則」を教えましょうか。

B：「さしすせそ法則」って何ですか。

A：つまり、会話はキャッチボールのようなもので、こっちがボールを投げたら、向こうも返してくれないと、会話としては成立しないってこと。

B：これは法則ではないじゃないの。

A：待って、今から言います。「さ、常に最高の状態でいる；し、姿勢を正しくする；す、スマイル、笑顔で接する；せ、成長に応じた言葉を誠実に使う；そ、そうを使いこなす」。

B：ええ、こういうことか。

3. 拡大練習

　考えられる言葉を入れてみましょう。

　　＿＿＿＿＿＿＿＿＿＿＿＿＿＿＿＿

　　＿＿＿＿＿＿＿＿＿＿＿＿＿＿＋度

　　＿＿＿＿＿＿＿＿＿＿＿＿＿＿＿＿

1. すがすがしい感じの青年が(　　)立って老人に席を
ゆずった。
    1. ひょっと　　　　　　　　2. さっと
    3. ぐっと　　　　　　　　　4. ずらっと

2. (　　)より問題になっておりましたゴミ処理場建設
地について話し合いたいと思います。
    1. かねて　　　　　　　　　2. かつて
    3. いたって　　　　　　　　4. はるか

3. 今日の午後は集会がありますから、次の(　　)が
鳴ったら講堂に集まってください。
    1. キャッチ　　　　　　　　2. チェンジ
    3. チャイム　　　　　　　　4. チャンネル

4. あの人は(　　)がきくから、いっしょに買いに行っ
ていただいたらどうですか。
    1. 手　　　　　　　　　　　2. 目
    3. 頭　　　　　　　　　　　4. 口

5. 部下を(　　)よりおだてた方が仕事がうまくいきま
すよ。
    1. まかす　　　　　　　　　2. けなす
    3. けとばす　　　　　　　　4. ごまかす

6. 秋は夜が長くなるので、読書に(　　)季節だと言わ
れています。
    1. したう　　　　　　　　　2. したしむ
    3. つつしむ　　　　　　　　4. いとなむ

7. 私たちには古くから伝わる伝統芸能を(　　)いく義務がある。

　　1. 受け継いで　　　　　　2. 受け付けて

　　3. 受け止めて　　　　　　4. 受け入れて

8. 全く彼の疲れを知らないエネルギーには(　　)されてしまうよ。

　　1. 圧縮　　　　　　　　　2. 圧倒

　　3. 圧迫　　　　　　　　　4. 抑圧

9. 根気よく障害を(　　)する努力を重ねて、協定を結ぶことができました。

　　1. 解除　　　　　　　　　2. 削除

　　3. 排除　　　　　　　　　4. 除外

10. 家が狭いので古いものはどんどん(　　)しないと大変なことになる。

　　1. 処置　　　　　　　　　2. 処分

　　3. 処罰　　　　　　　　　4. 処理

中　文　8

　6月9日にヤフードームで行われた横浜戦。同点で迎え
た延長10回、シーズン途中に加入したヘタジーニが、バッ
クスクリーン右に劇的なサヨナラ本塁打を放った。6年ぶ
りの日本球界復帰第一号。ソフトバンクの積極的な補強が
実を結んだ。象徴的な一発だった。

　5月上旬、ペタジーニは体を絞るため、室内練習場で一
人、黙々とバットを振り込んでいた。球界から離れ、別人
のようにふっくらしていた。ひざのけがも不安視された
が、「1ヶ月で戦える。自信がなければ、うちのソファで
横になっているよ①」。その言葉とおり、照準を合わせ
た。結局81試合に出場、2度のサヨナラを含む10本塁打、
41打点。大砲の存在は数字以上にインパクトが大きかっ
た。獲得の背景には、長打力を期待された新外国人の李ボ
ムホが変化球の多い日本野球への対応が遅れたことがある
②。過去、本塁打王2度、通算223本と日本球界を熟知した
ペタジーニに白羽の矢が立った③わけだが、編成部門が即
座に動くところに、今年の強みがあった。大きな補強がで
きず、故障者の穴を埋めなかった去年の反省から、球団は
今年1月、積極的な補強、育成を行うための「編成委員
会」を新設。実質的なトップの副委員長に、王貞治球団会
長を据え、秋山ホークスを強力にバックアップする体制を
整えた。

（読売新聞2010年9月29日「積極補強　裏方が即応」による）

読解練習

次の文章を読んで、それぞれの問いに対する答えとして最も適当なものを1、2、3、4から一つ選びなさい。

問1　「1ヶ月で戦える。自信がなければ、うちのソファで横になっているよ①」とあるが、これはペタジーニ選手は誰に言っていることか。

1. 自分は自分に言っていること。
2. 自分はほかの隊員たちに言っていること。
3. 自分は取材に来た記者に言っていること。
4. 自分は監督に言っていること。

問2　「獲得の背景には、長打力を期待された新外国人の李ボムホが変化球の多い日本野球への対応が遅れたことがある②」とあるが、その結果はどういう対応を取ったのか。

1. ペタジーニ選手は入団できなかった。
2. ペタジーニ選手は入団できた。
3. ペタジーニ選手はまだ一人で練習する段階だ。
4. ペタジーニ選手は自信がないため、入団を断った。

問3　「白羽の矢が立った③」の文の中には、ほかの3つと異なった使い方をしているものはどれか。

1. 次期社長候補として白羽の矢が立った。

2. 山の向こうの獲物に白羽の矢が立った。

3. 美術館建設の候補地として、この村に白羽の矢がたった。

4. CD200万枚の売り上げを出した浜崎あゆみに白羽の矢が立った。

語彙練習

一、発音を聞いて、対応する日本語の常用漢字を書いてください。

1. _____; 2. _____; 3. _____; 4. _____;

5. _____; 6. _____; 7. _____; 8. _____;

9. _____; 10. _____。

二、次の文の____に入れる言葉として最も適切なものを一つ選びなさい。

1. 最近の日本の若者は、何ごとに対しても控え目で行動が_____だと言われている。

2. 形のない抽象的な思想や観念などを具体化することを称して_____に表現するという。

3. すごい会議ですね、短期間で会社が_____に変わった。

4. _____な考え方の力、すなわち、ポジティブ。

象徴的　積極的　劇的　即座的

三、言葉の理解

1. 例 文

～的

1.「絵描きさんへの100のお題」を参考にして作った、詩的創作のための50のお題を作ってみた。

2. ランタイムエラーはどのように即座的にかつ効率的に修復するかは今みんな関心を持っている課題のひとつだ。

3. 一級建築士試験独学受験者支援の教育的ウラ指導はネットを通じて行われている。

2. 会 話

A：最近、NHK放送の大河ドラマ「竜馬伝」を見ましたか。

B：いいえ、歴史的ドラマにあまり興味がないです。

A：これは普通の歴史的ドラマと違って、竜馬の劇的な一生は本当に感動させられました。そして、主演は君が大好きな福山雅治ですよ。

B：福山さんの主演ドラマか、じゃあ、見てみます。

3. 拡大練習

考えられる言葉を入れてみましょう。

＿＿＿＿＿＿＿＿＿＿＿

＿＿＿＿＿＿＿＿＿＿＿＋的

＿＿＿＿＿＿＿＿＿＿＿

1. 彼は何をきいても( )答えてくれる天才的な頭脳の持ち主だ。
   1. 即座に　　　　　　　　2. 不意に
   3. ひょっと　　　　　　　4. ちらっと

2. 私が( )がんばっても、彼にはとうてい追い付けない。
   1. いかに　　　　　　　　2. むやみに
   3. いやに　　　　　　　　4. やけに

3. 新しい原子力発電所の原子炉は( )が多くてなかなか役に立たない。
   1. サイクル　　　　　　　2. ファイト
   3. トラブル　　　　　　　4. アクセル

4. あの人は( )が肥えているから、どんなもてなしをしたらいいか悩むよ。
   1. 目　　　　　　　　　　2. 体
   3. 耳　　　　　　　　　　4. 舌

5. 近年の不況と円高は、輸出関連企業の経営を( )いる。
   1. おだてて　　　　　　　2. おびやかして
   3. おどして　　　　　　　4. ひやかして

6. 彼は悲しみの中で、なくなった母に( )歌を作曲した。
   1. さえぎる　　　　　　　2. さえずる
   3. ささげる　　　　　　　4. さずける

7. 学校からの帰宅途中、駅前の本屋に（　　）のが何よりの楽しみでした。

1. 立ち上がる　　　　　　　2. 立ち止まる

3. 立ち寄る　　　　　　　　4. 立ち去る

8. 航空会社の社員募集があったのですぐに（　　）した。

1. 応募　　　　　　　　　　2. 応接

3. 応対　　　　　　　　　　4. 会見

9. あなたの主張は時代（　　）もはなはだしいと思います。

1. 格差　　　　　　　　　　2. 錯誤

3. 誤差　　　　　　　　　　4. 差別

10. 平和的解決の（　　）を帯びて、大使は現地に赴いた。

1. 運命　　　　　　　　　　2. 任命

3. 宿命　　　　　　　　　　4. 使命

第三章　情報検索

問題をまず読んでから文章を読むのもいい手だ。

情報検索　1

　数字は万国共通、すべての人間が共有できるものである。また、数字はさまざまな意味を持っていることも忘れてはならない。たとえば、「1」は物事の始まり、始点としての意味を持つ。『8』は無限、調和、繁栄などの意味を。

　"1・2・3・7・8"。この数字をコレクションネームとするウオッチメーカーがある。1996年、スイスで創業した「ベダ＆カンパニー」のフィロソフィは、すべて<u>この数字</u>①に込められているといっても過言ではない。その象徴となるのがロゴの「8」。創業者親子の頭も字である二つの{B}から創られたものだが、フェイスの特徴そしては、大きな意味をもっている。

　もちろん、数字だけで、「ベダ&カンパニー」は語れない。時というタイムレスな感覚をデザインに反映。アールデコの感性を生かしながら、現代性をミックスさせた各コレクションは曲線と直線のコシビネーションが実に美しい。メンズ、レディスに限らず、ダイヤを配したモデルも魅力的である。当然のことながら、スイス伝統の技術が凝縮されていることもわすれてはならない。また、歴史の浅いブランドではあるものの、デザイン性、クオリティの高さはほかのスイスの名門ブランドに引けを取ることもなく、世界中で瞬く間にラグジュアリーウオッチ、ブランドとしての地位を確立している。まさに、持つべき新たなときの姿、それが「ベダ」なのだ。

⧗ ◇読◇解◇練◇習◇

問1　「この数字①」はあるが、何か。
　　　1.「1」　　　　　　　　　2.「8」
　　　3.「1、2、3、7、8」　　　4.「B」

問2　「ベダ」という時計に、アピールできる特徴は何か。
　　　1. 伝統な技術性　　　2. 品質性
　　　3. デザイン性　　　　4. 現代性

語彙練習

一、発音を聞いて、対応する日本語の常用漢字を書いてください。

1. _____ ；　2. _____ ；　3. _____ ；　4. _____ ；

5. _____ ；　6. _____ ；　7. _____ ；　8. _____ ；

9. _____ ；　10. _____ 。

二、次の文の____に入れる言葉として最も適切なものを一つ選びなさい。

1. 音と音とを簡単に_____するにはどうしたらいいでしょうか。

2. 場所を借りて、世界を旅して収集した_____を展示する。

3. この映画は3次元画像の_____を極限まで引き出している作品である。

4. この映画は世代を越えて語り継がれていく_____な作品となるだろう。

> タイムレス　ミックス　クオリティ　コレクション

三、言葉の理解

1. 例 文

～レス

1. これは語り継がれていくタイムレスな作品だ。

2. 最近、政府はホームレスの人にいろいろな新政策を打ち出しています。

3. 21世紀に入り、経済活動のボーダーレスが進む。

2. 会話

A：先生、「**タイムレス**クロージング」はどんな意味ですか。

B：そうですね。「**タイムレス**」は時代が変わっても色褪せないってこと；つまり、10年、20年先までずっと付き合っていける服、自分の子供が大きくなったとき、その魅力に共感できる服です。

A：いい発想ですが、絶対ありえないと思います。時代が変わっているので、人間の考え方も止まることはないではないですか。

B：まあ、そうですが、会社は自分のデザインが長く長く認められたいのだと思います。

3. 拡大練習

考えられる言葉を入れてみましょう。

＿＿＿＿＿＿＿＿＿＿＿＿＿

＿＿＿＿＿＿＿＿＿＿＿＿＿＋レス

＿＿＿＿＿＿＿＿＿＿＿＿＿

完全マスター

1. 私のかわりに彼にこの件の最終的な決定をする（　　）を与えてあります。

  1. 権威   2. 権限

  3. 権利   4. 権力

2. 新しいコンピューターを導入したので仕事の（　　）

がアップした。
1. 確率 2. 比率
3. 引率 4. 能率

3. 昔、このあたりに（　　　）金持ちがいて、貧しい人達
に食べ物を配っていたそうだ。
1. よくふかい 2. なさけない
3. なさけぶかい 4. こころよい

4. 集団で動くときには、人に迷惑をかけるような
（　　　）行動をしてはならない。
1. 軽快な 2. 軽率な
3. 気軽な 4. 手軽な

5.（　　　）話ばかりするので、もう誰も耳を貸そうとし
ない。
1. ろくな 2. うつろな
3. いいかげんな 4. ぞんざいな

6. 避難訓練を行いますから非常ベルが鳴ったら（　　　）
外へ出てください。
1. 適宜 2. とっさに
3. 突如 4. すみやかに

7.（　　　）として、銀行強盗のグループは車で逃走中の
模様です。
1. 漠然 2. 呆然
3. 依然 4. 断念

8. 社員研修の（　　　）が良かったので明日からが楽しみ
だ。
1. ブーム 2. フォーム

3. ポーズ　　　　　　　4. ムード

9. あの若い社員に社長はずいぶん（　　）を入れている
らしいよ。

1. 手　　　　　　　　　2. 目

3. 耳　　　　　　　　　4. 肩

10. 敵を（　　）ためには、まず味方をだませと言う言葉
があります。

1. うつむく　　　　　　2. あざむく

3. おもむく　　　　　　4. つらぬく

 情報検索　2

　無料で本やCD、DVDなどが借りられる図書館。でも、
「難しい本しかなさそう」「堅苦しいイメージがあって」
などと足が遠のいている人が多いはず。今週は、知ってい
るようで知らない図書館の魅力をご紹介。ゆっくり、本と
の出会いを楽しんでみてはいかが。

いわて県民情報交流センター（アイナ）の3・4階にある県内唯一の県立図書館、岩手県立図書館。平成18年に現在の場所に移転し、まだ新しさが漂う館内は、開放的で居心地のいい空間。平日で1日約1500人、週末は1日約2000人ものの利用者が、勉強や読書など思い思いの時間を過ごしている。館内には、一般の図書から専門書、郷土資料まで、約67万冊を収蔵。木のぬくもりあふれる3階フロアは、主に一般図書、郷土資料、児童書が並び、中でも参考図書は<u>県内随一①</u>。膨大な電子資料も閲覧でき、より専門的な情報を入手できる。4階フロアは、黒を基調としたモダンで落ち着いた空間。ソファに腰掛ながら新聞や雑誌を閲覧できるほか、音や映像コーナーではCDやDVDなどの視聴覚資料を利用できる。

　資料が豊富なだけに、探しやすいようなサービスを提供しているのも同館の特徴。館内のパソコンやホームページで蔵書検索できるのはもちろん、研究や調査を支援するレファレンスサービス、"パスファイダー"といわれる調べ方の提案もしている。さらに、館内にはコンシェルジュが常駐し本探しや調べ物のサポートまでしてくれる。また、企画展や親子で楽しめるイベントも充実しているので、詳しくホームページを要チェック。

◇読◇解◇練◇習◇

問1　「<u>県内随一①</u>」はあるが、どんな意味か。
　　1. 県内どこに行ってもあること。

2. 県内で一番多いこと。

3. ほかの県で比べると、少ないこと。

4. みたい本はいつでも見られること。

問2　紹介した図書館でできないことは何か。

1. イベント。　　　　　　　2. DVDや本の貸し出し。

3. セミナー。　　　　　　　4. 研究や調査のサポート。

一、発音を聞いて、対応する日本語の常用漢字を書いて
ください。

1. _____;　　2. _____;　　3. _____;　　4. _____;

5. _____;　　6. _____;　　7. _____;　　8. _____;

9. _____;　　10. _____　。

二、次の文の＿＿に入れる言葉として最も適切なものを
一つ選びなさい。

1. これ本当に夏は世の女性のガードがゆるくなり、恋
愛やSEXに対して_____になるということは、昔か
らよく言われていることだ。

2. 課長はなんというか、とっつきにくくて_____て、
話しかけづらい人なんだ。

3. そんな些細な気遣いがさりげなくできる女性と一緒
にいると男心は「_____」と思うのだ。

堅苦しい　居心地がいい　開放的

三、言葉の理解

1. **例 文**

〜苦しい

1. 結婚して以来、ずっと<u>狭苦しい</u>部屋に住んでいて、もう限界だ。

2. こんなに親切にしていただいては<u>心苦しい</u>。

3. 雑音が入って<u>聞き苦しい</u>ので、もう一回言ってもらえませんか。

2. **会 話**

A：お見合いを何回もして、全部失敗した君、違う方法で出会えませんか。

B：ええ、お見合いって**堅苦しい**し、どうも私に合いません。今度は何。

A：まずプロフィールを双方に見せて、希望が一致したら、お見合いに行く；周囲を気にすることなく、2人だけの時間になる。

B：いきなり2人の時間になるんですか。もっと怖いよ。

A：ここまでうるさかったら、一生結婚できないかもね。

3. **拡大練習**

考えられる言葉を入れてみましょう。

＿＿＿＿＿＿＿＿＿＿＿

＿＿＿＿＿＿＿＿＿＿＿＋苦しい

＿＿＿＿＿＿＿＿＿＿＿

☕ 完全マスター ≪≪

1. 急速なコンピューターの普及は電子部品会社に大きな利益を（　）た。
   1. もてなした　　　　　　　2. もたらした
   3. もよおした　　　　　　　4. みなした

2. 視聴率が低下したので、1年続いたテレビ番組を（　）。
   1. 打ち明けた　　　　　　　2. 打ち切った
   3. 打ち消した　　　　　　　4. 打ち込んだ

3. この文章は作者が何を言いたいのか、（　）していることがはっきりしない。
   1. 意欲　　　　　　　　　　2. 意向
   3. 意図　　　　　　　　　　4. 意識

4. このたび施行された新制度の（　）を説明させていただきます。
   1. 概論　　　　　　　　　　2. 概説
   3. 概略　　　　　　　　　　4. 概念

5. わが社も東南アジアへの（　）を計画している。
   1. 進展　　　　　　　　　　2. 進呈
   3. 進出　　　　　　　　　　4. 進行

6. カルシウムが（　）すると頭の働きが悪くなるそうです。
   1. 窮乏　　　　　　　　　　2. 欠乏
   3. 不十分　　　　　　　　　4. 貧弱

7. 部族によっては信じられないような奇妙な（　）を

受け継いでいる。

1. 風習　　　　　　　　　2. 風俗

3. 風土　　　　　　　　　4. 風景

8. イタリアで音楽の勉強をするという計画は父の突然の死により（　　）夢となってしまった。

1. たやすい　　　　　　　2. もろい

3. けむたい　　　　　　　4. はかない

9. 自らが選んだのなら、誰にも会わない（　　）生活が必ずしも不幸とは言えない。

1. 孤独な　　　　　　　　2. 固有な

3. 個別な　　　　　　　　4. 独自な

10. 旅行先で出会った幼い子供の（　　）瞳が忘れられない。

1. こまやかな　　　　　　2. あざやかな

3. なごやかな　　　　　　4. つぶらな

 情報検索　3

1. 恵比寿の閑静な界隈の地下にある「ヤマドリ」。店名は魯山人の言葉にちなんで名づけられた。カウンターの奥に坪庭を配し、適度な空間の広がりと落ち着きを感じさせる和食店です。店主は陶器にも造詣が深く、それを表すように、棚に収められる焼き物もこの店のインテリアとなり、趣ある雰囲気を作り出している。こだわりの器物に盛

られるのは、食材のよさを命とした繊細な味わいの逸品。身が引き締まった「ばってんなす」は、食感をそのまま楽しめるように丸ごと焼きなすにするなど、旬の食材が持つ個性に寄り添うように調理されます。<u>おしながきにとらわれず①</u>、さまざまな注文に応じるなど、割烹らしい融通も利くので、折に触れ通いたくなる一軒です。

2. コース料理の八寸一例。夏のコース料理のに相応しく、さっぱりとした味わいの料理が並ぶ。ひと品ごとに異なる食感のバランスが絶妙。

3. 茶室を模した個室はグループでゆったりとした時間を過ごすのに相応しい。このほか、テーブル席の個室っやカウンター席がある。

注：料理の内容は仕入れによって日替わることがあります。巻末のご優待パスをご提出ください。コース代金10%割引＆ドリンク1杯サービス；7500円または12000円（いず

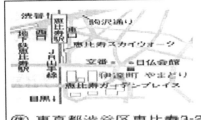

東京都渋谷区恵比寿3-28-3
Casa Piatto B1

れも税・サ込）のコース料理をご注文の方対象。

　文章を読んで、それぞれの問いに対する答えとして最も適当なものを1、2、3、4から一つ選びなさい。

問1　「おしながきにとらわれず①」はあるが、どんな意味か。

1. ほかの店と同じようなメニューを出すこと。

2. ほかの店と違うメニューを出すこと。

3. 自分の店のメニューに断らず、客の要望により出すこと。

4. 自分の店のメニューを守る一方、客の要望により出すこと。

問2　「巻末のご優待パス」をもって店に行けば、どんなことができるか。

1. どんな料理を注文しても、代金10%割引或いはドリンク1杯のサービスをされる。

2. 店の指定した料理を注文したら、代金10%割引或いはドリンク1杯のサービスをされる。

3. 7500円または12000円のコース料理を注文したら、代金10%割引とドリンク1杯のサービスをされる。

4. いずれのコース料理を注文したら、代金10%割引或いはドリンク1杯のサービスをされる。

語彙練習

一、発音を聞いて、対応する日本語の常用漢字を書いて
ください。

1. _____ ；　2. _____ ；　3. _____ ；　4. _____ ；

5. _____ ；　6. _____ ；　7. _____ ；　8. _____ ；

9. _____ ；　10. _____ 。

二、次の文の____に入れる言葉として最も適切なものを
一つ選びなさい。

1. 古い物件は_____ことが多いですから、そういった
部分も問い合わせしてみると良いでしょう。

2. 人はだれも、_____相手が必要だ。

3. カラーミーショップでは、_____・卸しサイトと提
携し、多彩な商品販売方法をご提案しております。

4. くちびる美人ダイエット―5つのエクササイズで顔
も体も_____。

引き締まる　寄り添う　仕入れ　融通が利く

三、言葉の理解

1. 例 文

〜添う

1. 奥さん・子供の通院などに<u>付き添う</u>旦那さん・お
父さんは増えている。

2. 美都子は悪怯れた風もなく、常次の側に<u>引き添っ</u>
ている。

3. 人はだれも、<u>寄り添う</u>相手が必要だと思う。

2. 会 話

A：この絵見て、可愛いでしょう。

B：ただの犬とネコじゃないか。

A：普通犬とネコは相性が悪いことが多いのですが、
この犬とネコは嫉妬するほど**寄り添っていて**、
可愛くないの。

B：そういえば、そうかもね。私たちもぴったり寄
り添いましょう。はっは。

3. 拡大練習

考えられる言葉を入れてみましょう。

_____

_____＋添う

_____

☕ 完全マスター ≪

1. 戦後50年たって、当時の秘密資料が続々（　　）さ
れはじめました。
　　1. 公然　　　　　　　　　2. 公開
　　3. 公認　　　　　　　　　4. 公表

2. 営業（　　）になるので入り口に車を止めないでくだ
さい。
　　1. 妨害　　　　　　　　　2. 迫害
　　3. 被害　　　　　　　　　4. 災害

3. 建設現場で働いているから性格は（　　）けれど、と

ても優しい父です。

1. あらっぽい   2. あくどい

3. すばしこい   4. すばやい

4. 契約の(　　)内容については後日担当者がご説明にまいりますのでよろしくお願いします。

1. 詳細な   2. 相応な

3. 正当な   4. 精密な

5. 社内で誰も知らないと思うけれど、あの人(　　)株でもうけているらしいわよ。

1. おおげさに   2. ひそかに

3. こまやかに   4. おおはばに

6. 学校の成績が悪いからといって、(　　)将来の見通しが暗いとは言えない。

1. もろに   2. てんで

3. ろくに   4. 一概に

7. まだもう少し入院が必要らしいが、手術後の経過は(　　)悪くないらしいよ。

1. さほど   2. よほど

3. 若干   4. 少々

8. 指揮者がうまく(　　)してくださるので合唱団の実力以上の公演ができた。

1. ベース   2. ソフト

3. ハード   4. リード

9. あの人は取引先が倒産したせいで(　　)が回らなくなっているらしいよ。

1. 手   2. 頭

3. 首 4. 目

10.（　　）お世辞をいくら言ってもだめなものはだめです。

1. あつらえた 2. あやまった
3. ありふれた 4. あらたまった

 情報検索　4

株式会社　ワールド電機
事業本部長　赤坂　義男　殿

　　　　　　　　株式会社　ジャパン　設備機器

　　　　　　　　　　事業部長　吉田　英一

拝啓

　貴社益々ご清栄のこととお喜び申し上げます

　去る5月10日の協議におきまして、お取引額の引き上げ、また、手形から現金お取引への変更と、弊社の要望をお聞き入れくださいまして、誠にありがとうございました。貴社のこうしたご厚意にお答えしていくためにも、なお一層の努力を続ける所存ですので、今後ともお引き立てのほど、何卒よろしくお願い申し上げます。

　（①）、次回定例会の議題につきましては、おおよそ、次のようなことを考えておりますので、お含みおきくださいますように申し上げます。

　まず、新設備導入に関して、以前に提示いたしました条

件より、お安くご案内できることになりましたので、結果をご報告させていただきたいと思います。

　次に、従来からご指摘いただいておりました製品に対する苦情につきましては、万全の体制で臨んだ結果、解決いたしましたので、その結果についてもご報告申し上げます。

　また、次回定例会の席上、弊社の新製品のアイデアを発表させていただきたいと思います。同製品は、弊社といたしましては、貴社とのより緊密な連携を念願におき、提案させていただくものですので、この機会に、ぜひじっくり貴社の具体的な開発コンセプトを承りたいと存じます。

　以上、貴社の方でご意見などございましたら、事前にご連絡いただければ幸いです。

　今後とも、よろしくお取引のほどお願い申し上げます。

敬具

読解練習

　次の文章を読んで、次の問いに答えなさい。答えは1、2、3、4からもっとも適当なものを一つ選びなさい。

問1　（　①　）に入る最も正確な言葉は何か。
　　　1. ところで　　　2. さて　　　3. ただ　　　4. つぎ

問2　取引先が、次回の打ち合せで特に重要と考えていることは何ですか。
　　　1. 現金取引に変更すること。
　　　2. 以前に提示した価格を値引きすること。

3. 苦情に対する処理体制を報告すること。

4. 製品開発について話し合うこと。

語彙練習

一、発音を聞いて、対応する日本語の常用漢字を書いて
ください。

1. _____;   2. _____;   3. _____;   4. _____;

5. _____;   6. _____;   7. _____;   8. _____;

9. _____;   10. _____。

二、次の文の____に入れる言葉として最も適切なものを
一つ選びなさい。

1. 西郷は義を貫いて英雄になったけど、維新史に於け
る大久保は、西郷の単なる_____役でしかない。

2. _____の不渡りとは、_____の決済資金が無く、
_____の決済が出来ないことを言います。

3. 顧客が信頼してくれず、提案を_____てもらえない。

　手形　引き立て　聞き入れ

三、言葉の理解

1. 例 文

～入れ

1. この子の全部を受け入れてこそ心を開いて聞いて
くれる。

2. 中国が、今一番信用力のないギリシャ国債を買い

<u>入れる</u>のはどんなメリットがあるんでしょうか。

3. 話を全然<u>聞き入れ</u>られなくて、どうしようもない
と感じています。

2. 会話

A：佐藤さん、どうですか。初めての営業は。

B：大変でした。顧客が気難しい人で、まったく信
用されていなくて、提案も全然**聞き入れ**てもら
えないです。

A：どんな人でも、熱心に説明すれば、必ず分かって
くれると思いますよ。ちょっとほかの方法で試
してみたらどう。

B：そうですね、今はまだいいアイディアが浮かばな
いので、ゆっくり考えさせてください。

A：がんばってね。

3. 拡大練習

考えられる言葉を入れてみましょう。

　　　_____

　　　_____＋入れ

　　　_____

☕ **完全マスター** ≪

1. 忙しくて料理ができないから、最近は（　　）外食で
すませている。

　　1. もろに　　　　　　　2. もっぱら

　　3. ことごとく　　　　　4. まるごと

2. まだ全員集まっていないようですが、(　　)きょう
   の日程の説明を始めたいと思います。
   1. おのずから　　　　　　2. もしかして
   3. ことによると　　　　　4. とりあえず
3. (　　)風な感じの男性だったのでつい信用してだま
   されてしまった。
   1. ナンセンス　　　　　　2. エレガント
   3. インテリ　　　　　　　4. シック
4. 子供がいうことをきかないので(　　)を焼いていま
   す。
   1. 手　　　　　　　　　　2. 胸
   3. 胃　　　　　　　　　　4. 顔
5. 彼はスタイルのも顔もいいし、その上仕事ができる
   んだから(　　)当然だよね。
   1. もうけて　　　　　　　2. もてて
   3. もれて　　　　　　　　4. もめて
6. 若い人を育てようと思ったら、失敗をひとつひとつ
   (　　)はいけない。
   1. とがめて　　　　　　　2. のがれて
   3. となえて　　　　　　　4. なだめて
7. 体の調子が悪いので、今回のマラソン大会に参加す
   るのは(　　)と思います。
   1. 見合わせよう　　　　　2. 見落とそう
   3. 見渡そう　　　　　　　4. 見逃そう
8. あのあたりは交通量が多いので、今、(　　)工事の
   ために交通規制をしているよ。

1. 拡散 　　　　　　　　　 2. 拡張

3. 拡充 　　　　　　　　　 4. 拡大

9. 国自体が財政的(　　)に直面している。

1. 危害 　　　　　　　　　 2. 危険

3. 危機 　　　　　　　　　 4. 禁物

10. 今、国会で予算案を(　　)しているところです。

1. 審議 　　　　　　　　　 2. 論議

3. 討議 　　　　　　　　　 4. 協議

 情報検索　5

　お茶は古くから美容に重宝され、お茶で洗顔すると色白美人になると伝えられます。その美肌効果は注目を集めているのです。そこで私たちは、美肌へ導く効果てきな洗顔として、お茶の力を詰め込んだ石鹸作りを決意しました。そして、「石鹸の名匠」である研究暦35年の外池氏とともに、生み出す泡も肌を傷つけずに汚れを取り去る弾力、吸着力を目指したのです。さらに、もっとも大切な素材「お茶」も、カテキンに優れた無農薬栽培茶にこだわります。

シミのもと紫外線が肌を老化させる…!

今こそ洗顔で紫外線を防ぐ肌へ!

『悠香』のもっちり泡で透明感あふれる美肌

こだわりの泡! 秘密1

キメを整え
紫外線を防ぐ!

シミのもと
（紫外線など）

肌のバリア機能
「キメ」　　肌

弾力のある泡で
紫外線に負けない肌へ!

◀弾力のある泡は、顔と手の間で
クッションとなって、肌を傷つけな
い洗顔を実現します。その結果、肌
のバリア機能「キメ」が整い、紫外
線を防ぐのです。

こだわりの泡! 秘密2

メイクも
落とせる!

汚れや
古い角質

毛穴　　肌

吸着力のある泡で
肌の悩みを取り去る!

◀吸着力のある泡が、肌の古い角
質や汚れをキレイに取り去りま
す。この洗顔で、肌の生まれ変わり
をサポートし、年齢を感じさせな
い透明美肌へと導くのです。

読解練習

　次の文章を読んで、次の問いに答えなさい。答えは1、
2、3、4からもっとも適当なものを一つ選びなさい。
問1　「弾力のある泡で紫外線にまけない肌へ」とある
　　が、どんな意味か。

1. 泡を紫外線を防ぐことができる。
2. 泡で洗顔すると、肌を傷つけず、紫外線を防ぐことできる。
3. 泡と弾力で紫外線から肌を守ることができる。
4. 泡で汚れを落とし、紫外線を守ることができる。

問2　この洗顔料の一番こだわりは何か。
1. 弾力性　　　　　　　　　　2. 吸着性
3. 無農薬栽培の「お茶」　　　4. 美肌性

語彙練習

一、発音を聞いて、対応する日本語の常用漢字を書いてください。

1. ＿＿＿＿＿；　　2. ＿＿＿＿＿；　　3. ＿＿＿＿＿；　　4. ＿＿＿＿＿；
5. ＿＿＿＿＿；　　6. ＿＿＿＿＿；　　7. ＿＿＿＿＿；　　8. ＿＿＿＿＿；
9. ＿＿＿＿＿；　　10. ＿＿＿＿＿。

二、次の文の＿＿＿に入れる言葉として最も適切なものを一つ選びなさい。

1. 痛みや苦しみを＿＿＿＿＿のに一番安全な方法を知っていますか？
2. 本日の一品は機内でもホテルでも＿＿＿＿＿、超軽量級2WAYミニ・ブックライトだ。
3. セカンドライフに代表されるようなメタバース（3D仮想空間）が最近、再び＿＿＿＿＿始めている。

4. 一人の子の中にあらゆる＿＿＿のではなく、仲間の力、みんなの特徴を生かしあって、支えあえる力を発揮する。

> 重宝する　注目を集め　力を詰め込む　取り去る

三、言葉の理解

1. 例 文

～さる

1. 黄昏の鳩山内閣は続くのか消え去るのか、本当に分からないことだ。
2. いろいろ声をかけても、すっかり無視し去られてしまった。
3. プレッシャーは我々にエネルギーを与えるもので、取り去るべきではない。

2. 会 話

A：日本人は本当にプチ整形がすきだね。

B：ええ、どうして。

A：見て、「ホクロであれシミであれムダ毛であれニキビの痕であれ、手術のキズ痕であれ、また、入れ墨や赤かったり黒かったりするあざまで、不要なものを**取り去って**しまう手術を設けています」って書いているよ。

B：そうだね、私は普通シミとかニキビの痕はあまり気にしないけどな。

A：だから、日本の女性は肌が綺麗なわけか。今まで日本人の女性は生まれつき肌がきれいだと思

ってたのに。

3. 拡大練習
考えられる言葉を入れてみましょう。

_____

_____＋さる

_____

 完全マスター ≪

1. あとで後悔しないように、職業の（　　）は慎重にしたほうがいいよ。
   1. 採択　　　　　　　　　　2. 採
   3. 選考　　　　　　　　　　4. 選択
2. 姉は、外出するとき（　　）が必要な障害者を助ける奉仕活動をしている。
   1. 保護　　　　　　　　　　2. 看護
   3. 介護　　　　　　　　　　4. 養護
3. おもしろくなさそうなところを見ると、この仕事は彼には（　　）のかも知れない。
   1. ものたりない　　　　　　2. おっかない
   3. いやらしい　　　　　　　4. みぐるしい
4. （　　）市民の一人ですと言いながら、裏で業者から多額の現金を受け取る議員を許せない。
   1. 清純な　　　　　　　　　2. 善良な
   3. 賢明な　　　　　　　　　4. 明瞭な
5. 北海道の開拓をさせられた人達は、寒さの中で食べ

物もなく、(　　)生活を強いられた。

1. 冷淡な　　　　　　　　　2. 冷酷な

3. 貧弱な　　　　　　　　　4. 悲惨な

6. こんなに客が少なくなってしまっては、(　　)商売をやめたほうがましだ。

1. いっそ　　　　　　　　　2. ずばり

3. きちっと　　　　　　　　4. ちゃんと

7. 彼が(　　)おいしそうに食べるので、私もつい食べ過ぎてしまった。

1. いかにも　　　　　　　　2. まことに

3. まさしく　　　　　　　　4. はなはだ

8. その関係の書類ならひとつにまとめて(　　)に入れてあります。

1. ファイル　　　　　　　　2. タイトル

3. カルテ　　　　　　　　　4. データ

9. たくさんの女子社員の中から彼女を選ぶなんて君は(　　)が高いね。

1. 鼻　　　　　　　　　　　2. 目

3. 頭　　　　　　　　　　　4. 足

10. 旅行に出る前の晩にはしっかり準備を(　　)から寝る。

1. おとろえて　　　　　　　2. ととのえて

3. とどこおって　　　　　　4. しなびて

いつもインターネットを使って買い物をしているネットショッピング大好き 福岡県在住のH間さん。

⇒

あるとき、愛用しているベルメゾンネットでもっとポイント貯められないかしらいつものお買い物で賢くポイントを貯められる方法がないか考えました。

⇒

そのときにひらめきました。「そうだ；『ポイントもらえる商店街に「ベルメゾンネット ベルゾンネット』がのってたわ」

⇩

さっそくドリームメールからアクセス

⇩

⇩

注：ドミノピザオンライン本店は「株式会社ドミノビザジャパン」の運営となります。サービスに関する詳しい内容に関しては「株式会社ドミノビザジャパン」サポートセンターに問い合わせください。

後　日

ベルメゾンネットのポイントに加えてドリームポイントもダブルGET。ポイントもらえる商店街を通すだけだから、ちょうカンタン。

あなたもポイントもらえる商店街で賢くポイントをゲットしちゃいましょう。すごい；これはもはや“財テク”ね。

📜《読》《解》《練》《習》

次の文章を読んで、次の問いに答えなさい。答えは1、2、3、4からもっとも適当なものを一つ選びなさい。

問1　ポイントをもらえる順番は何か。

　　　1. ベルメゾン メール⇒ドリーム⇒メール・ポイントもらえる商店街⇒購入する商品。

2. ベルメゾン メール⇒ポイントもらえる商店街⇒ド
　リーム・メール⇒購入する商品 。

3. ドリーム メール⇒ベルメゾン メール⇒ポイントも
　らえる商店街⇒購入する商品 。

4. ドリーム メール⇒ポイントもらえる商店街⇒ベル
　メゾン メール⇒購入する商品 。

問2　ポイントをもらう理由は何か 。
　　1. 買物がすきなこと 。
　　2. もらったポイントを現金に換えること 。
　　3. 趣味のこと 。
　　4. パソコンで情報を捜索することがすきなこと 。

〈語〉〈彙〉〈練〉〈習〉

一 、発音を聞いて 、対応する日本語の常用漢字を書いて
　　ください 。
　　1. _____;　　2. _____;　　3. _____;　　4. _____;
　　5. _____;　　6. _____;　　7. _____;　　8. _____;
　　9. _____;　　10. _____ 。

二 、次の文の____に入れる言葉として最も適切なものを
　　一つ選びなさい 。
　　1. 当サイトへの_____数をカウントして7日間ごとに
　　　1～30位までを htmlファイルで表示しています 。
　　2. _____とは 、店頭でDD関連商品を税込1000円お買
　　　い上げ毎にもらえるポイントです 。

3. コンシューマゲームから＿＿＿＿ゲーム、果てはハードウェア情報まで、世界中の最新ゲームニュースをお届けします。

4. 楽天市場はフリーマーケットからオークション、グリーティングカードに各種イベントまで人気、実力ともに日本ナンバー1の本格的な＿＿＿＿コミュニティです。

ネットショッピング　アクセス　オンライン
ドリームポイント

三、言葉の理解

1. 例 文

アクセス

1. 1日速習でアクセススキルを完全習得できるコーナーが最近出てきた。

2. このサイトには施設案内、催し物、アクセス、申し込み案内などいろいろなことが掲載されている。

3. このホームページにアクセスすれば、直接に福山さんの音楽網に入るよ。

2. 会 話

A：来週東京に出張に行きますが、ザ・プリンスパークタワー東京って知っていますか。

B：ええ、知っています。霞ヶ関などの都心へ近く、JR線、地下鉄などの4つの駅で首都圏のどこへも便利にアクセスできます。

A：よかった。じゃあ、時間があるとき、東京を回っ
てみます。

B：そうですね、せっかく東京に行きますから、ぜひ
見てきてください。

3. 拡大練習

言葉の意味を考えて、例文を作って見ましょう。

アクセス：＿＿＿＿＿＿＿＿＿＿＿＿

＿＿＿＿＿＿＿＿＿＿＿＿＋グレー

＿＿＿＿＿＿＿＿＿＿＿＿

完全マスター

1.（　　）この世の中は住みにくいと言うが、結構、楽
しいこともある。
　1. ことに　　　　　　　　2. とりわけ
　3. とかく　　　　　　　　4. まして

2. 最近の子供は両親や祖父母に（　　）されて育つので
自己中心的になりがちです。
　1. ちやほや　　　　　　　2. あやふや
　3. あべこべ　　　　　　　4. めちゃくちゃ

3. この服は（　　）も色も素敵だなと思うと、高くて手
が出ないことが多い。
　1. デザート　　　　　　　2. デザイン
　3. レッスン　　　　　　　4. デッサン

4. 次から次に子供に教育費がかかって、全く（　　）が
痛いよ。

1. 頭 2. 耳

3. 胸 4. 腹

5. 帰宅したら自分の部屋に（　　）、テレビゲームに熱
中している。

1. こりて 2. こって

3. こもって 4. うまって

6. 目を（　　）と、幼い日に遊んだふるさとの情景が目
に浮ぶ。

1. つぶる 2. にぶる

3. ねだる 4. たどる

7. 道がカーブしている上に強い雨のせいで（　　）が悪
く、運転は危険な状況だった。

1. 見積もり 2. 見通し

3. 見込み 4. 見晴らし

8. この会社では毎年1月1日は全員出社して、新年の
挨拶をするのが（　　）になっている。

1. 習慣 2. 定例

3. 慣例 4. 家風

9. 裏面に（　　）されている注意事項をよく読んでおい
てください。

1. 記載 2. 掲載

3. 記述 4. 記録

10. デパートやスーパーにはいくつもの防犯カメラが
（　　）してあります。

1. 処置 2. 措置

3. 設置 4. 装置

情報検索 7

【キャセイパシフィック航空】
無料で香港ご招待。♪　香港ベストグルメグランプリ開催中！
☆。，:＊:˚☆’:＊:。，:＊:˚☆。，:＊:・
　キャセイシフィック航空「香港スタイル」は、香港・マカオのお役立ち情報が満載のウェブサイト。グルメやファッション、ホテル、スパなど、定番から口コミの穴場スポットまで幅広くご紹介しています。今回は、その香港スタイルから、とっておきのキャンペーン情報をお届け!!!
　▼▼▼気になるキャンペーンの全貌はコチラ！▼▼▼
　無料で香港ご招待♪
　香港ベストグルメグランプリ開催中！2010年9月16日～10月31日
　食の都、香港には美味しいグルメがいっぱい。本場の広東料理に、新鮮な素材を使った海鮮料理、特有の食文化である飲茶に粥、麺、身体に優しい香港スイーツだって見逃せない！香港ベストグルメグランプリでは、その中から選りすぐった。
　8軒のお店のお薦めメニューをラインアップ。
　例えば、香港といえばやっぱり"飲茶"。不倒翁のぷりぷり
　エビシュウマイは、香港有名風水師のお墨付き！
　香港の若者に人気のお洒落なレストラン、覇王山荘の定

第三章　情報検索
125

番メニューは"タンタン麺"。ピリ辛でこってりとした濃厚スープは、後を引く旨さ。その他、気になるラインアップはコチラをチェック!

　http://clk.dreammail.jp/click.php? t=5ajA9to WGaこの中で、あなたが香港で食べたいベストグルメはどれ・食べたいグルメに投票すると抽選で2組4名様に、香港行き航空券が当たるチャンス♪▼▼▼今すぐ投票して、香港行き航空券をGETしよう▼▼▼

　さらに!♪

　Twitterでダブルチャンス

　香港行きビジネスクラス航空券をGET!

　キャンペーン期間中、キャセイパシフィック航空Twitterアカウント

　(@jpcathaypacific)をフォローして、

　あなたが選んだ香港グルメをツイートすると1組2名様に「香港行きビジネスクラス航空券」が当たる大チャンス

読解練習

　次の文章を読んで、次の問いに答えなさい。答えは1、2、3、4からもっとも適当なものを一つ選びなさい。

問1 「香港ベストグルメグランプリ」はあるが、どこから選び出すか。

　　1.香港全土の広東料理から選び出す。

　　2.今回紹介した広東料理から選び出す。

3. 今回紹介した8軒の店から選び出す。
4. 今回紹介した3軒の店から選び出す。

問2 「ダブルチャンス」はどんなことか。
1. キャセイパシフィック航空がほかの会社と一緒に行っているキャンペーン活動。
2. キャセイパシフィック航空が行っている非ネット抽選活動。
3. ラインで投票し、抽選にあたった人に与えるチャンス。
4. ラインで投票した人は別のラインで再投票し、抽選にあたるチャンス。

語彙練習

一、発音を聞いて、対応する日本語の常用漢字を書いてください。
1. _____;　2. _____;　3. _____;　4. _____;
5. _____;　6. _____;　7. _____;　8. _____;
9. _____;　10. _____ 。

二、次の文の___に入れる言葉として最も適切なものを一つ選びなさい。
1. お肌が_____になる食べ物ってありますか。
2. コクと香りの強い練りごまをスープに溶かして、_____とした味に仕上げます。

3. ＿＿＿＿辛こんにゃく炒めは低カロリーで食物繊維も豊富なこんにゃくを主な食材とする料理です。

> こってり　ぷりぷり　ぴり

三、言葉の理解

1. 例 文

ぷりぷり；ばりばり；はらはら

1. 今日、お母さんは機嫌が悪いみたいで、一人で<u>ぷりぷり</u>している。
2. インターハイ経験者からスーパーど素人まで、ただただバスケをこよなく愛する仲間が集まって<u>ばりばり</u>やってます。
3. 秋になると、木の葉が<u>はらはら</u>と落ちる。

2. 会 話

A：今日の社長、怖い、**ぷりぷり**している。

B：そうかな。そう見えないけど。

A：朝、ちょっとしたことで鈴木部長を叱ったり、さっきもまだ大声で怒鳴ったりしていた。

B：まあ、誰でも不機嫌な日もあるから、遠く離れてれば大丈夫。

A：そうだね、雷がこっちに落ちないようにね。

3. 拡大練習

考えられる言葉を入れてみましょう。

ぷりぷり：＿＿＿＿＿＿＿＿＿＿＿＿

ばりばり：＿＿＿＿＿＿＿＿＿＿＿＿

はらはら：＿＿＿＿＿＿＿＿＿＿＿＿

1. 彼は不正を暴露され(　　)してしまった。
   1. 失格　　　　　　　　　　2. 失脚
   3. 失調　　　　　　　　　　4. 失望
2. 地域住民の(　　)により高速道路の騒音防止対策委員会が発足した。
   1. 祈願　　　　　　　　　　2. 要望
   3. 用命　　　　　　　　　　4. 救済
3. 成田空港に着いたとき、友人が迎えにきてくれたので本当に(　　)助かった。
   1. このましくて　　　　　　2. こころづよくて
   3. こころよくて　　　　　　4. こころぼそくて
4. 山奥の温泉宿は静かで、土地の人達は(　　)で都会か来た客に優しかった。
   1. 素朴　　　　　　　　　　2. 単調
   3. 無難　　　　　　　　　　4. 簡素
5. 判断の基準が違う外国との交渉に臨むときには、特に(　　)姿勢が必要とされる。
   1. 健全な　　　　　　　　　2. 自在な
   3. 柔軟な　　　　　　　　　4. 円満な
6. あのお宅は、(　　)話し声がすることもありますが、普通は留守がちですよ。
   1. しょっちゅう　　　　　　2. 時折
   3. 頻繁に　　　　　　　　　4. たいがい
7. (　　)お約束した件について、もう一度ご相談した

いと思います。

1. せんだって　　　　　2. さきに
3. かつて　　　　　　　4. まえもって

8. 部屋の鍵はホテルの（　　　）で受け取ってください。

1. スペース　　　　　　2. コーナー
3. ケース　　　　　　　4. フロント

9. ここはひとつ私の（　　　）を立てて許してやってください。

1. 顔　　　　　　　　　2. 腹
3. 腕　　　　　　　　　4. 気

10. 1度や2度（　　　）からといって、あきらめるのはまだ早いよ。

1. いじった　　　　　　2. さとった
3. しくじった　　　　　4. ののしった

 情報検索　8

　下のグラフは、2つの国（A国・B国）における子供と家族に関する国際比較調査結果である。子供の年齢別に、親子でよく話す話題を、2つの国で比較している。

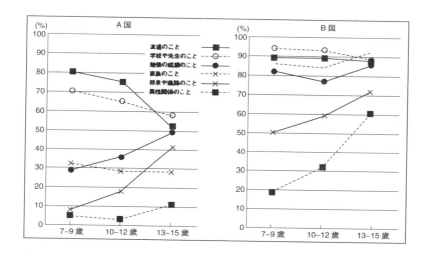

（湯沢擁彦『データで読む家族問題』日本放送出版協会による」

〈読〉〈解〉〈練〉〈習〉

　文章を読んで、それぞれの問いに対する答えとして最も適当なものを1、2、3、4から1つ選びなさい。

問1　このグラフの説明として正しいものはどれか。

　　1. A国の親子の話題は7～9歳では圧倒的に友人や学校のことであるが、年齢と共に急減する。13～15歳になると、進路や将来についての話題が急増する。後者は両国に共通するといえる。

　　2. 両国とも7～9歳の親子の話題は圧倒的に友人や学校のことであるが、年齢と共に話題が多くなり、13～15歳ともなると話題は多様化を極める。この

傾向はA国で顕著に現れている。

3. A国は子供の年齢による話題の偏りが大きいが、B国ではそのような傾向はない。両国では話題にする内容も大きく異なるが、友人のことは例外的で年齢に関係なく話題性が高い。

4. B国はいずれの年齢も親子の話題が豊富であり、とりわけ、異性関係の話題は年齢に関わらず頻繁に取り上げられる。両国とも年齢が高くなるほど成績や進路についての話題が多くなる。

問2　A国とB国の異性関係の話題に関するグラフは大きな差がある、考えられる理由として不自然なものはどれか。

1. 両国の教育制度が異なる。A国は小学校入学から成績を大事にし、あまり異性関係のことを出さないことにしている。

2. 両国の教育制度が異なる。B国は小学校から成績を大事にし、同様に両性教育もしっかり取り上げられている。

3. 両国は12歳からグラフが上昇している。つまり、思春期に入ってから、子供は異性に関心を持ち始める。

4. A国は7歳から12歳までの少年時代、異性話題が禁じられていることになっている。

語彙練習

一、発音を聞いて、対応する日本語の常用漢字を書いてください。

1. ＿＿＿＿＿；　　2. ＿＿＿＿＿；　　3. ＿＿＿＿＿；　　4. ＿＿＿＿＿；

5. ＿＿＿＿＿；　　6. ＿＿＿＿＿；　　7. ＿＿＿＿＿；　　8. ＿＿＿＿＿；

9. ＿＿＿＿＿；　　10. ＿＿＿＿＿。

二、次の文の＿＿に入れる言葉として最も適切なものを一つ選びなさい。

1. ＿＿＿＿＿＿な災害を起こした自然現象については、命名することにより共通の名称を使用して、過去に発生した大規模な災害における経験や貴重な教訓を後世代に伝承するとともに、防災関係機関等が災害発生後の応急、復旧活動を円滑に実施することが期待される。

2. 東京は、50年代のアメリカ人にとってのパリのように「文化のメッカ」となっている、そこで、生徒数の＿＿＿＿＿＿で教えるほうが追いつかない状態だそうです。

3. フロッピはDVDやUSBメモリーなど大容量の記憶メディアの普及が進み、需要が＿＿＿＿＿＿した。

急増　急減　激甚

三、言葉の理解

1. 例 文

急+〜

1. エコポイント制度がなくなることにより、薄型テレビを購入する人は急減している。

2. 最近、大学を卒業してから海外に留学する人は急増している

3. 関東平野北部を東西に結ぶシアライン対応エコーが南下中で、軽井沢気温は−4度前後へ急降した。

2. 会 話

A：ニュースで中国からレアアースの輸入が**急減**したそうですが、これから大丈夫かな。

B：レアアースって何？

A：本当に知らないの、最近中日の間で騒いでいたことじゃないですか。

B：もしかして、携帯に使っているあれのこと。

A：そう、これがないと携帯電話とかはもう作れなくなるのよ。

B：じゃあ、今からたくさんの携帯電話を買っておいて、後で市場に出したら、儲かるじゃないか。

A：何を考えているの；もうちょっと新聞を読めば。

3. 拡大練習

考えられる言葉を入れてみましょう。

_____

急+_____

_____

1. 別れてしまった人に、（　　　）愛していますとは言いにくい。
    1. もはや　　　　　　　　　2. いまだ
    3. いまさら　　　　　　　　4. なおさら
2. お忙しいとおもいますが、当日はご参加くださいますように（　　　）よろしくお願い致します。
    1. なるたけ　　　　　　　　2. なにとぞ
    3. ひいては　　　　　　　　4. ひたすら
3. 私なんて会社という大きな（　　　）の歯車の一つでしかない。
    1. ポイント　　　　　　　　2. システム
    3. ポジション　　　　　　　4. セクション
4. いまどき、（　　　）でひとを使ったりしては、若い者はやめてしまいますよ。
    1. 足　　　　　　　　　　　2. 目
    3. 顔　　　　　　　　　　　4. あご
5. 3日前に海で遭難した人を乗せた救命ボートが（　　　）いるのが見つかった。
    1. さぼって　　　　　　　　2. うかって
    3. とろけて　　　　　　　　4. ただよって
6. 今、外国企業との技術提携の準備に（　　　）いるので、とてもほかまで手が回らない。
    1. たずさわって　　　　　　2. たてまつって
    3. つかさどって　　　　　　4. たまわって

7. 大学受験2か月前ともなると勉強も（　　）に入ります。
   1. 追い込み　　　　　　　2. 追い出し
   3. 追いつき　　　　　　　4. 追い越し
8. オリンピックのために（　　）規模の競技場が建設されました。
   1. 壮大な　　　　　　　　2. 膨大な
   3. 拡大な　　　　　　　　4. 盛大な
9. 新しい会社を設立する（　　）を練っているところです。
   1. 構想　　　　　　　　　2. 機構
   3. 構造　　　　　　　　　4. 構成
10. 東京の中心部では住民の減少により、小学校の（　　）が相次いでいる。
   1. 統合　　　　　　　　　2. 統治
   3. 統制　　　　　　　　　4. 統率

第四章　総合理解

キーポイント

☆　まずはざっと大意把握する。文章全体の1/3さえ分かれば大丈夫；

☆　全部分かってから問題を解くという考えは禁物！

総合理解　1

　子供はその発達の途上、2つ言葉の獲得を迫られる。

⇒（ア）

⇒（イ）

⇒（ウ）

⇒（エ）

A　私たち大人のことばは、こうした2つのことばの重層性において成り立つ。

B　一つはいわゆる「言葉の誕生」とも呼ばれる、乳児期か

ら幼児期にかけての、あの親たちを喜ばせてやまぬことばである。

C このことを無視した言葉や言語についての議論は、<u>十分な深さに至らないままに終わるのではないかと思われる①</u>。

D そして今一つは、子供が学校時代を通して、新たな身につけてゆくことを求められることばである。

（岡本夏木『言葉と発達』岩波書店による）

読解練習

次の文章を読んで、次の問いに答えなさい。答えは1、2、3、4からもっとも適当なものを一つ選びなさい。

問1　次ページのA−Dは、それぞれア、イ、ウ、エのどこかに入る文です。正しい組み合わせのものを選びなさい。

1. ア：A イ：D ウ：C エ：B
2. ア：B イ：D ウ：A エ：C
3. ア：C イ：B ウ：A エ：D
4. ア：D イ：C ウ：B エ：A

問2　「<u>十分な深さに至らないままに終わるのではないかと思われる①</u>」とあるが、どんなことを表すか。

1. 学校に行かない人はあまり難しいことを理解することはできない。

2. 学校で勉強した言葉だけでは難しいことを理解す

ることはできない。

3. 乳児期の言葉と学校で学習した言葉を一緒に使う
ことによって、物事を理解することができる。

4. 乳児期の言葉によって、私たちは物事を理解する
ことは。

語彙練習

一、発音を聞いて、対応する日本語の常用漢字を書いて
ください。

1. _____ ;　2. _____ ;　3. _____ ;　4. _____ ;

5. _____ ;　6. _____ ;　7. _____ ;　8. _____ ;

9. _____ ;　10. _____ 。

二、次の文の___に入れる言葉として最も適切なものを
一つ選びなさい。

1. 自分が_____たい人（達）を選んで、その相手を喜ば
す方法を考えたほうがいいのではないでしょうか。

2. グーグルが中国からの撤退の可能性を発表したこと
で、同じように中国でビジネスを行うインターネッ
ト企業は、方針を熟慮することを_____ている。

3. アクセサリー感覚で_____スタイリッシュなデザイ
ンと小型、軽量、薄型の本体でユーザー・利用シー
ンを選ばずマルチにご利用頂けます。

迫られ　身につけられる　喜ばせ

三、言葉の理解

1. 例 文

～せる

1. 淀屋橋に働く大人たちを<u>愉しませる</u>様々なサプライズを届けるスポットとして飲食とショッピングの複合施設がオープンしました。

2. プリッピーは<u>喜ばせる</u>コトが大好きな人のためのコミュニティサイトです。

3. 彼女を<u>悲しませる</u>つもりはないですが、結局だめだった。

2. 会 話

A：先週、彼女と喧嘩してしまって、今日までちょうど1週間になりますが。

B：早く仲直りしたほうがいいのではないですか。

A：そうですね、今どうやって彼女を**喜ばせる**かを考えていますけど。

B：彼女が好きなものを買ったら。

A：しかし、アクセサリーとか、服とか、ほとんど買いましたが、なかなか良いものを思い出せなくてね。

B：じゃあ、彼女を誘ってどこかに旅行に行ったらどうですか。

A：これはいい方法かも、じゃあ、今からプランを考えて見ます。

3. 拡大練習

考えられる言葉を入れてみましょう。

_____

_____＋せる

_____

☕ 完全マスター ≪≪

1. (　　　)でものを判断すると大変な間違いを犯す。
   1. 推定　　　　　　　　　2. 推理
   3. 推測　　　　　　　　　4. 推進

2. 最近は化学肥料を使わない(　　　)農業というものが見直されている。
   1. 有益　　　　　　　　　2. 有機
   3. 有望　　　　　　　　　4. 有能

3. 台風のせいで(　　　)量の土や砂が上流から流れてきた。
   1. いちじるしい　　　　　2. ばかばかしい
   3. おびただしい　　　　　4. まぎらわしい

4. (　　　)飛び出してきた子供を危うく車ではねるところだった。
   1. 身近に　　　　　　　　2. 不意に
   3. 無邪気に　　　　　　　4. 早急に

5. 親にうそをつくような子供は(　　　)人間になれないと父に厳しく叱られた。
   1. ろくな　　　　　　　　2. おろかな

3. 寛容な　　　　　　　　　　4. 好評な

6.（　　）きょうはひどく機嫌がいいですね、何か良い
ことがあったんですか。

1. どうにか　　　　　　　　2. どうやら

3. なんだか　　　　　　　　4. なんなり

7. きょうは風雨が強くなるそうだ。（　　）野球の試合
は中止になるかも知れないね。

1. にもかかわらず　　　　　2. しかしながら

3. 案の定　　　　　　　　　4. ことによると

8. 外国人のスピーチ（　　）があるので一生懸命暗記し
ています。

1. コンタクト　　　　　　　2. コントラスト

3. コンテスト　　　　　　　4. コントロール

9. 政治運動に（　　）を突っ込みすぎて、家庭が崩壊し
てしまった。

1. 足　　　　　　　　　　　2. 顔

3. 首　　　　　　　　　　　4. 頭

10. 体の調子が良いと、どんどん仕事が（　　）。

1. たばねる　　　　　　　　2. はかどる

3. またがる　　　　　　　　4. ゆさぶる

総合理解 2

　今までの生物学というのは、もっぱら種レベルの生物学であった。

（中略）

　では、種レベルの行動と個体レベルの行動とは、そもそものはじめから異質的なものであって、あいつながらないものであろうか。

⇒ア

⇒イ

⇒ウ

⇒エ

A おそらく、私のこのような考えは、これをそのまま人間社会における文化現象に適用しても、（①）矛盾するところは生じてこないであろう。

B 私はそうばかりとは思わない。

C 群れを作っているものの場合には、個体レベルの行動と種レベルの行動とのあいだに、なおもう一つ、群れレベルの行動というものを、はさむ必要があるかもしれない。

D はじめは個体レベルの行動として発生したものも、やがてその行動が個体間に普及して、大多数の個体に認められるようになれば、そのときはもはや個体レベルの行動でなくて、種レベルの行動と言わねばなるまい。

（今西錦司『人間社会の形成』日本放送出版協会による）

読解練習

次の文章を読んで、次の問いに答えなさい。答えは1、2、3、4からもっとも適当なものを一つ選びなさい。

問1　次ページのA-Dは、それぞれア、イ、ウ、エのどこかに入る文です。正しい組み合わせのものを選びなさい。

1. ア：B イ：C ウ：A エ：D　　2. ア：B イ：D ウ：C エ：A
3. ア：C イ：D ウ：B エ：A　　4. ア：C イ：B ウ：A エ：D

問2　（①）に入る言葉として最も適当なものはどれか。

1. あえて　　　　　　　　2. まれに
3. しいて　　　　　　　　4. わざと

語彙練習

一、発音を聞いて、対応する日本語の常用漢字を書いてください。

1. ＿＿＿＿ ;　　2. ＿＿＿＿ ;　　3. ＿＿＿＿ ;　　4. ＿＿＿＿ ;
5. ＿＿＿＿ ;　　6. ＿＿＿＿ ;　　7. ＿＿＿＿ ;　　8. ＿＿＿＿ ;
9. ＿＿＿＿ ;　　10. ＿＿＿＿ 。

二、次の文の＿＿＿に入れる言葉として最も適切なものを一つ選びなさい。

1. 皆に嫌がられてまで、＿＿＿＿＿自分の方針を押し通すこともないじゃないか。

2. 一見便利なこの「ロボット」ですが、＿＿＿＿なぜ人には「ロボット」が必要なのでしょうか。

3. GIGAZINEさんの記事によると＿＿＿＿世界で役に立たないであろう機械があるそうです。

4. ＿＿＿＿欠点をあげるならば、積極すぎということかな。

そもそも　おそらく　あえて　しいて

三、言葉の理解

1. 例 文

そもそも；もともと；なかなか

1. 私が携帯を買ったのは、そもそも彼と付き合いだしたのがきっかけだった。

2. もともと彼は結婚する気なんてなかった。

3. そのやり方になかなか理解できなくて、賛成しなかった。

2. 会 話

A：明日、美術展覧会にいきましょうか。

B：いや、ごめん、私は芸術などに興味ない、芸術なんてものは「愛」と同じくそもそも存在しないからだ。

A：ええ、まだ愛を信じなくなっちゃったの。何、振られたの。

B：そう、これは3度目のさようなら、もう「愛」なんて信じない。

A：だめだめ、愛を信じなくちゃ。焦らずにゆっくり自分に合う人を探して。

3. 拡大練習

考えられる言葉を入れてみましょう。

そもそも：＿＿＿＿＿＿＿＿＿＿

もともと：＿＿＿＿＿＿＿＿＿＿

なかなか：＿＿＿＿＿＿＿＿＿＿

 完全マスター

1. （　　　）ハイキングに出かけようというときに雨がぽつぽつ降り出してしまった。

    1. さぞ   2. さも

    3. いざ   4. なんか

2. 水曜日（　　　）金曜日のどちらかの午前中にお越しください。

    1. ならびに   2. もしくは

    3. およびに   4. かつ

3. コンサートが素晴らしかったので（　　　）を求める拍手が鳴り止まなかった。

    1. アンケート   2. アンコール

    3. アルコール   4. アプローチ

4. 組合運動をやり過ぎて、とうとう会社を（　　　）になってしまった。

    1. 顔   2. 気

    3. 首   4. 手足

5. 自動販売機の普及により、女性社員が休憩時間のお茶を配る習慣が（　　）つつある。
   1. ほろび　　　　　　　　　　2. ほころび
   3. ほどこし　　　　　　　　　4. すたれ

6. 目の見えない人を目的地まで安全に（　　）犬のことを盲導犬という。
   1. ひきいる　　　　　　　　　2. ひきずる
   3. うながす　　　　　　　　　4. みちびく

7. あと一歩というところで優勝を逃してしまい（　　）でなりません。
   1. 無念　　　　　　　　　　　2. 無闇
   3. 無能　　　　　　　　　　　4. 無口

8. 最後まで（　　）を張り通してしまうと、気まずい関係になるよ。
   1. 意地　　　　　　　　　　　2. 熱意
   3. 意志　　　　　　　　　　　4. 決意

9. 会社に貢献した（　　）が認められて管理職に昇進した。
   1. 効能　　　　　　　　　　　2. 業績
   3. 名誉　　　　　　　　　　　4. 能率

10. 子供を相手に（　　）でけんかをするなんて頭がおかしいんじゃないですか。
   1. 本質　　　　　　　　　　　2. 本能
   3. 本気　　　　　　　　　　　4. 本音

総合理解　3

　都会では、私たちがいかに不注意に、散漫に暮らしているか、驚くほどである。ほとんどだれも自分の仕事場も家も持ち物も単に機能して、役立つものとして存在すれば十分であると思い、その「もの」の「かけがえのなさ」「入れ替え不能な性格」については注意らしい注意を払っていない。たしかに見だしなみのいい人々はいるし、家の趣味、持ち物の趣味にこっている人もいる。しかし、それが果たしてその「もの」との真の親密な出会いかどうか、という点になると、幾らか疑問がある。その証拠にいかにこった家でも持ち物でも、やがて飽きるときが必ずくるし、そのとき人は他の「もの」を新しい趣味に即して求めなければならないからだ。「もの」のうえに親密な眼をそそぐというのは、それとはまったく異なった次元のことで、いわば「もの」の「かけがえのなさ」「入れ替え不能な性格」に触れることだ。それは「もの」を単なる「もの」として見ることではない。もしそうならば机は机であるし、椅子はいすでしかない。そうではなくして、「そのかけがえのなさ」は「もの」の奥にのぞいている様々な表情にあるのである。たとえば、私の机は古く、がたがきている。機能からみれば、それは完全でないかもしれない。しかし考えてみれば、それは「この机」の上で私の半生がつくられたといってもいい。私が思い悩んだとき、この机の木目

は私の焦慮を見守っていたはずである。そこには眼に見えない池底の落葉のように積みかさなった思い出の層が焼きついている。それはただ「この机」だけが持っている宿命的な事実だ。どうすることもできないのだ。なるほどその選択は偶然の結果にすぎなかったかもしれない。しかしそれなら私たちの生もどうして偶然でないことがあろう。問題はこの偶然を必然に転じた私たちの軸の取り方にある。私たちの生がかかる厳しさと深さを取りもどすならば、「この机」にあっても同じ事物が考えられなければならない。「もの」がその「かけがえのなさ」「入れ替え不能な性格」を帯びはじめるのは、私たちが日常の無関心と多忙の外に出て、こうした自分の生の「かけがえのなさ」にもどるときだ。

（辻邦生『森の中の思索から』による）

読解練習

　次の文章を読んで、次の問いに答えなさい。答えは1、2、3、4からもっとも適当なものを一つ選びなさい。

問1　この文章の主題は何であるか。つぎの四つの回答からもっとも相応しい回答を一つだけ選びなさい。

　　1. 机など家のものは宿命的なものであって、その机などの選択は偶然の結果である。

　　2. 都会の人間は不注意に暮らして、自分の仕事場や家などは単に機能して役立つものとして存在させている。

3. 都会の人間は「もの」の「かけがえのなさ」「入れ替え不能な性格」に注意を払っていない。
　　4. 問題はこの偶然を必然に転じた私たちの軸の取り方にある。

問2　問題文と論旨の合うものを、つぎの四つの回答からもっとも相応しい回答を一つだけ選びなさい。
　　1. 机から、どんな机にも、その持ち主の積み重なった思い出の層が焼きついているものだ。
　　2. 机のにじみ出るような光沢をながめていると、私たちの生の厳しさを知らされてしまう。
　　3. 私たちは、日常の忙しさにまぎれて、つい、「この机」の「かけがえのなさ」忘れがちだ。
　　4. 私が「この机」をえらんだのは、単なる偶然の結果ではなく、多分に宿命的なものだ。

問3　この文章のなかで、作者は「もの」の特徴について、どう思われているか。
　　1.「もの」は宿命的なものであり、偶然性がある。
　　2.「もの」は「かけがえのなさ」「入れ替え不能な性格」がある。
　　3.「もの」は機能を果たし、役立つものとして、存在するのである。
　　4.「もの」は愛用すべき、飽きても、取り換えができないのである。

語彙練習

一、発音を聞いて、対応する日本語の常用漢字を書いて
ください。

　　1. _____ ;　　2. _____ ;　　3. _____ ;　　4. _____ ;

　　5. _____ ;　　6. _____ ;　　7. _____ ;　　8. _____ ;

　　9. _____ ;　　10. _____ 。

二、次の文の＿＿に入れる言葉として最も適切なものを
一つ選びなさい。

　　1. 現在、夫婦生活に悩みを持っている方たちへ、新婚
　　生活の時のような楽しい生活を_____ための支援活
　　動をしています。

　　2.「_____のない人格」であればこそ、個々の。人格
　　はそれ自身として冒しがたい尊厳性を持つと考えら
　　れる。

　　3. 中身だけを_____方法を考え始め、何時間もの間試
　　行錯誤し、学者たちはとうとうその方法を見つけ出
　　した。

　　　入れ替える　　かけがえ　　取り戻す

三、言葉の理解

　　1. 例 文

　　　　～かえる

　　　1.「いやな仕事」を「楽しい仕事」に切り替える方
　　　法を紹介する。

第四章　総合理解　　151

2. 新発売のPSPに買い替えるかどうかについて困っ
   ている。
3. 看板を掛け替えるというのは、相当の覚悟が必要
   である。

2. 会話

A：新しく出てきたIPODはすごいね、いろんな機能
　　が付いていて。

B：そうですね、私も一つ買いましたけど、びっく
　　りしたのは、指を動かすだけで、上下左右の画
　　面が**入れ替わる**こと。

A：じゃあ、ブログ編集に役立ちますね。

B：そういえば、私のブログの写真はもう古くなっ
　　たから、早速やってみます。

A：お金があったら、私も一つ買います。

3. 拡大練習

考えられる言葉を入れてみましょう。

_____

_____＋かえる

_____

 完全マスター

1. 病院は日曜と祝日は休みだが、(　　　)の場合は診て
   もらえる。
   1. 異常　　　　　　　　2. 緊急
   3. 多忙　　　　　　　　4. 不意

2. このいすは（　　）はいいが、すわり心地が悪い。
   1. モデル　　　　　　　　　2. ジャンル
   3. デザイン　　　　　　　　4. デッサン

3. 選挙の投票は権利でもあるが義務でもある。かんたんに（　　）してはいけない。
   1. 棄権　　　　　　　　　　2. 欠席
   3. 廃棄　　　　　　　　　　4. 放置

4. アルバイトの条件は、会社と（　　）して決めることになっている。
   1. 会見　　　　　　　　　　2. 交渉
   3. 対話　　　　　　　　　　4. 譲歩

5. 彼は（　　）から、多少困難な状況にあってもやっていける。
   1. いやらしい　　　　　　　2. このましい
   3. たくましい　　　　　　　4. なれなれしい

6. 通信手段の発達のおかげで、（　　）にいながら世界各地の様子を知ることができる。
   1. 床の間　　　　　　　　　2. 茶の間
   3. 客間　　　　　　　　　　4. すき間

7. あなたに（　　）もらったお金、返さなくちゃ。いくらだったっけ。
   1. もちかえて　　　　　　　2. つめかえて
   3. ふりかえて　　　　　　　4. たてかえて

8. 失敗を重ねても、いっこうに気にする様子はない。あいつは実に（　　）男だ。
   1. くすぐったい　　　　　　2. すばしこい

3. あっけない　　　　　4. しぶとい

9. 彼女は何事にも（　　）取り組むタイプで、仕事はお
そいが確実だ。

　　1. じっくり　　　　　　2. くっきり

　　3. てっきり　　　　　　4. めっきり

10. 彼と彼女は、高校の先輩と後輩という（　　）だそう
です。

　　1. つながり　　　　　　2. なかま

　　3. あいだがら　　　　　4. どうし

総合理解 4

　近ごろの観光旅行は、たいそう便利になっている。

　しかし、実際は、<u>これが問題なのである</u>①。「呼びかわ
す高原の魅力、五色の沼を包むもみじの季節は吾妻スカイ
ラインへ」といったキャッチフレーズに誘惑されて、バス
で観光旅行をして回ったあと、どんな記憶が残ったかとい
うと、ねぼけて実感がない。それで、ながめて心の底に焼
きつけてきた風物を、目の奥にもう一度思い浮かべようと
すると、檜原湖の光景と、一切経山のながめがダブルイメ
ージになって重なってきたり、思い浮かべた裏盤梯の景観
が、絵はがきでよく知っていた風景の複写ものだったりと
いうことになって、バスでの観光旅行の味気なさを思いし
らされるのである。バス旅行での観光気分の味気なさとい

うもの、それが何に由来するのかというと、つぎつぎと光景が変わるためによく覚えきれないためだ、とだれでも考えるであろうが、ほんとうの理由②は、まったく別のところにある。バスに乗せられて、同じ所に動かず、目に映るけしきのほうが横を流れて、視界にはいってきてははずれて消えてゆく。この風景の流れは、回る走馬燈と本性同じで、実は幻なのである。私にとってありありと実在するためには、自分の足で大地を踏みしめながら前進すべきである。

　バスに乗っているからには、自分は車といっしょに動いているのだから、自分は前向きに進んでいるではないか。だいいち、私が、この目でちゃんと見ているものが幻などと、とんでもない奇妙な考え方だ——と考えるのは型にはまった既成概念で、「心で感じる生きた目」の視力が弱い人の頭でしかない。

　私たちが、「自分から」前進し、前進する私に抵抗する坂や湿地があってこそ、それは実在したのである。私をはばむ抵抗がなければ、それはただ「見え」であり、幻であって、そこに厳としてあった実在物ではない。

　修学旅行で、バスに積み込まれて回った法隆寺がどれも印象に残らず、もういっぽうで、自由行動の時間に探検を試みた裏町の光景があざやかに記憶されているのは、まさに、「自分からした行為」であったかどうかにかかっているのである。

　　　　　　　　　（島崎敏樹『人間と医学』による）

読解練習

　次の文章を読んで、次の問いに答えなさい。答えは1、2、3、4からもっとも適当なものを一つ選びなさい。

問1　「これが問題なのである①」とは、どんなことか、つぎの四つの回答からもっとも相応しい回答を一つだけ選びなさい。

1. バスを利用する観光旅行の便利さ。
2. 観光の広告宣伝は大げさで実在ではない。
3. バスを利用する観光旅行はダブルイメージになって、重なっている。
4. バスを利用する観光旅行の味気なさ。

問2　バス観光の気分が味気ない「理由②」とは、どんなことか、つぎの四つの回答からもっとも相応しい回答を一つだけ選びなさい。

1. 私は実在するため、バスに乗ると、自分の足で大地を踏みしめないためだ。
2. バスに乗った自分は、動かないまま、景色が流れて、実在を実現したいから。
3. バスで見た景観は実在ではなく、けしきはたえず流れて走馬燈のように回る幻だから。
4. つぎつぎと光景がよく変わるためによく覚えきれないためだ。

問3　この文章の主題は、つぎの四つのなかのどれか。も

っとも相応しい回答を一つだけ選びなさい。

1. 自ら前進するとき、抵抗の湿地や坂があってこそ、自分からした実在行為となる。

2. バスに乗った旅行は印象に残らず、自由行動のとき、自分の足で体験した景色が記憶されていない。

3. 自分はバスといっしょに動かいないとき、見た景色は幻のようであり、心で感じる生きた目は視力が弱い。

4 苦労のある観光は味気なく、自分で苦労しない観光行為は実在するものである。

◇語◇彙◇練◇習◇

一、発音を聞いて、対応する日本語の常用漢字を書いてください。

1. _____ ;　2. _____ ;　3. _____ ;　4. _____ ;

5. _____ ;　6. _____ ;　7. _____ ;　8. _____ ;

9. _____ ;　10. _____ 。

二、次の文の____に入れる言葉として最も適切なものを一つ選びなさい。

1. 自分のすべてを相手の記憶に_____。

2. 東洋医学では大地を_____ことによって、足から大地の陰の気を取り入れ、体の生気を養います。

3. ライトノベルなら挿絵がついているが、それでもせいぜい、セリフを読むときに挿絵に描かれた人物の

顔を_____くらいです。

焼き付ける　思い浮かべる　踏みしめる

三、言葉の理解

1. 例 文

～しめる

1. 女性が本当に苦しんでいるときには、ただ<u>抱きしめて</u>あげることが大切です。

2. 下唇を<u>噛み締め</u>ながら、自分の決心を言い出した。

3. 真っ直ぐな姿勢で肩のラインを水平に保ちながら、シューズを左右交互に<u>踏みしめ</u>ます。

2. 会 話

A：最近、よく子供の頃のことを思い出します。たとえば、おじいさんと一緒に冬の日、森に遊びにいくとか。

B：何をしたの、森のなかで。

A：そうですね、雪を**踏みしめる**感覚、動物の足跡の不思議な発見…

B：ええ、私は雪が降るところに行ったことはないので、全然理解できないですが、一回経験してみたいな。

A：じゃあ、今年の正月、うちに来なさい。いつもと違う冬に…

3. 拡大練習

考えられる言葉を入れてみましょう。

_____

_____＋しめる

_____

☕ 完全マスター ≪

1. 田中さんは目上の人にはていねいだが、下の人にとても(　　)なる。
   1. おろかに　　　　　　　　2. おろそかに
   3. ぞんざいに　　　　　　　4. つきなみに

2. 「近代」という(　　)を、わかりやすく正確に説明するのは難しい。
   1. 意識　　　　　　　　　　2. 概念
   3. 文脈　　　　　　　　　　4. 様相

3. 山田さんは頼りにならないと思っていたが、今度の活躍を見て考えを(　　)。
   1. おさめた　　　　　　　　2. あらためた
   3. うちきった　　　　　　　4. おいだした

4. このアンケートに協力するかしないかは自由で、(　　)はしないということにしたい。
   1. 圧迫　　　　　　　　　　2. 強制
   3. 催促　　　　　　　　　　4. 一致

5. 病院は日曜と祝日は休みだが、(　　)の場合は診てもらえる。

1. 異常　　　　　　　　　2. 緊急

　　3. 多忙　　　　　　　　　4. 不意

6. このいすは(　　)はいいが、すわり心地が悪い。

　　1. モデル　　　　　　　　2. ジャンル

　　3. デザイン　　　　　　　4. デッサン

7. 選挙の投票は権利でもあるが義務でもある。かんた
　　んに(　　)してはいけない。

　　1. 棄権　　　　　　　　　2. 欠席

　　3. 廃棄　　　　　　　　　4. 放置

8. アルバイトの条件は、会社と(　　)して決めること
　　になっている。

　　1. 会見　　　　　　　　　2. 交渉

　　3. 対話　　　　　　　　　4. 譲歩

9. 目を閉じると、楽しかった学生時代の思い出が
　　(　　)。

　　1. よみがえる　　　　　　2. ちかづける

　　3. すきとおる　　　　　　4. たてまつる

10. 彼はいつも(　　)商売をする。

　　1. けむたい　　　　　　　2. まぶしい

　　3. はかない　　　　　　　4. あくどい

総合理解 5

　NHKが1月31日に放映した「無縁社会〜"無縁死"3万2千人の衝撃〜」が大きな反響を呼んでいる。

　「身元不明の自殺と見られる死者」や「行き倒れ死」は、NHKの調べによると年間3万2000人。地縁や血縁、さらには会社との絆「社縁」を失った日本人の姿が浮き彫りとなった。「このままでは自分も…」と番組を見ながらぞっとした視聴者は少なくなかったことだろう。正月以来、ご無沙汰していた実家にあわてて電話をかけた人もいたかもしれない。だが、「無縁死①ギリギリ」という事態に陥っているのは、家族のいない人々だけではないようだ。

　"家庭内無縁"に直面している人々の実態について、現場に聞いてみた。親の介護中に死んだ(40代ニート)

　真夏のある夜、地方都市の病院の救急搬送口に、ひとりの40代男性が運び込まれた。入浴後、脱衣所で体をふいていたとき、突然具合が悪くなり、救急車を呼んだという。診断結果は冠動脈疾患。病状はすでにかなり進行していた。「そういえば1年ほど前から、時折ぎゅうっとこう…しめつけられるような胸の痛みがありました」男性はあとでそう語った。だが、病院には行かなかった。国民健康保険の期限はずっと前に切れていたからだ。

　中学を卒業後、就職もままならず、アルバイトを転々としていたという彼。だが、年齢を重ねるうち、仕事の口は

減っていった。やっと職にありついても、職場の仲間は学生ばかり。いつのまにか親子ほどの年の開きができていた。そのうち、雇ってくれるところはまったくなくなってしまった。求人サイトを隅から隅まで探しても、自分の年齢や条件に合う就職口は見つからない。暗澹たる気持ちになった彼は、仕事を探すのをあきらめ、親の年金収入をあてに暮らすことにした。とはいえ、生活はどん底状態に。親子で食べていくのが精いっぱいで、当然自分の社会保険料など支払えるわけはない。運の悪いことに、やがて父親が発病。寝たきり状態となってしまう。父親を介護施設に入れれば、年金はその費用に消える。在宅介護をすれば、自分の就職のチャンスはますます遠ざかる。彼は悩んだが、とりあえず生活していくには後者の道を選ぶよりなかった。治療は受けたものの、病状は急速に悪化。結局、男性はそのまま病院で息を引き取った。入院して4カ月後。あまりにあっけなく、孤独な死だったという。

（2010年5月12日NHKスペミルによる）

〈読〉〈解〉〈練〉〈習〉

　次の文章を読んで、次の問いに答えなさい。答えは1、2、3、4からもっとも適当なものを一つ選びなさい。

問1　「無縁死①」とあるが、どんなことか。

　　1. 身内の人は誰もいなくなって、自分ひとりになって、老死になったこと。

　　2. 身内の人はいても、老死になったこと。

3. 身内の人はいても、一人さびしく世を去っていく
こと。

4. だれとも縁がなくなってしまい、最後なくなった
こと。

問2　筆者は40歳の人がなくなった原因は何だと考えてい
るか。

1. 父親を看病する上に、仕事が忙しかったこと。

2. 40歳まともに就職せず、自由に生きていること。

3. 病院のミスで治療に遅れたこと。

4. 生活が苦しかったため、治療の最良期に遅れたこ
と。

語彙練習

一、発音を聞いて、対応する日本語の常用漢字を書いて
ください。

1. _____ ；　　2. _____ ；　　3. _____ ；　　4. _____ ；

5. _____ ；　　6. _____ ；　　7. _____ ；　　8. _____ ；

9. _____ ；　　10. _____ 。

二、次の文の＿＿に入れる言葉として最も適切なものを
一つ選びなさい。

1. 求めれば_____恋愛や人間関係にお悩みの方へのア
ドバイスです。

2. ひょっとして、運動しまくってばったり_____例の

あの子と同じで、単にクールダウンしてるのか。

3. 部長が代わって交際費が＿＿＿＿られる。

4. 生きているということはすなわち「主観的時間」を持っていることで、＿＿＿＿と共に止まってしまいます。

> 行き倒れた　締め付け　遠ざかる　息を引き取る

三、言葉の理解

1. 例 文

～つける

1. 悪口を言われていると知るのは、誰かが<u>言いつける</u>からという場合がほとんどです。

2. 専用の電話番号に電話すると、萌えキャラクターがタクシーの予約を<u>受け付けて</u>くれます。

3. 大きな猪は木に<u>射付けられて</u>死んだ。

2. 会 話

A：昨日の飲み会、ちょっと痛かったな。

B：どうしたの。

A：最初、部長がおごるって言いましたけど、途中、用事ができて、先に帰ってしまったの。それで、部長の代わりに**締め付け**られたの。

B：はっは、大金なの。

A：一ヶ月分の小遣いかな。部長から取り戻さなくちゃな。

3. 拡大練習

考えられる言葉を入れてみましょう。

＿＿＿＿＿＿＿＿＿＿＿＿＿＿

＿＿＿＿＿＿＿＿＿＿＿＿＿＿＋つける

＿＿＿＿＿＿＿＿＿＿＿＿＿＿

完全マスター

1. 時間がないので、話してください。
   1. ぞんざいに　　　　　　2. おおまかに
   3. にわかに　　　　　　　4. おろそかに

2. 鈴木さんはいつも（　　　）ことを言って、まわりの人を困らせる。
   1. 無効な　　　　　　　　2. 無念な
   3. 無茶な　　　　　　　　4. 無口な

3. わたしの秘書はとても（　　　）がいいので助かっている。
   1. てぎわ　　　　　　　　2. しらべ
   3. こころえ　　　　　　　4. うちわけ

4. このスープは塩の（　　　）がむずかしい。
   1. 場合　　　　　　　　　2. 調子
   3. 加減　　　　　　　　　4. 場合

5. 田中さんの結婚パーティーは、とても（　　　）だった。
   1. なごやか　　　　　　　2. ゆるやか
   3. おろそか　　　　　　　4. しなやか

6. 知らない漢字でも、その部首を見て意味を( )で
   きることがある。
   1. 予知　　　　　　　　2. 予言
   3. 推進　　　　　　　　4. 類推
7. 山田さんは、きょうのこの会のために、( )遠く
   から来てくださいました。
   1. たっぷり　　　　　　2. わざわざ
   3. じっくり　　　　　　4. つくづく
8. けがをしたが、その場ですぐ( )処置をしたの
   で、大事にはいたらなかった。
   1. 救援　　　　　　　　2. 救助
   3. 応急　　　　　　　　4. 応援
9. 仕事の( )にほかの用事をすませました。
   1. 合間　　　　　　　　2. 手間
   3. 空間　　　　　　　　4. 仲間
10. これは重さの割に( )荷物だ。
    1. かせぐ　　　　　　　2. かさばる
    3. かすむ　　　　　　　4. かぶれる

総合理解 6

　新聞記者は言葉に敏感でなければならない。それは重々承知だが、あえて意味を調べないことがある①。大抵は英語か何かをカタカナで表記する言葉である。〈ロハス〉。これを初めて聞いた時は、すぐにアレルギーに近い拒否反応が胸の辺りを横切っていった。絶対に調べるもんか、と。この手の言葉は教養人が多用する一方、旬の時期が短い。食べ物で言えば、ナタデココのようなものである。コンビニに行くと、一時はジュースからヨーグルトまで「こりっ」としていた。だが、今はもうずいぶん下火だ。

　近くにいた妊娠7か月の女性記者、M井さんに聞いてみる。

「ロハスって知ってる？」

「知ってる」

「（えっ）…どういう意味？」

「持続可能な生き方という意味ですよねえ」

　どうやら、彼女は仲間ではないらしい。持続可能というのも、よく分からない。そこに、社会部で一番の巨体であるS庄くんが通りがかった。ここは期待を込めて——

「ロハスって知ってる？」

「なにそれ、知らないですよ。ん？聞いたことはあるかなあ。」

　それ見ろ。やっぱり知らないではないか。えらい、S

庄。君は仲間を超えて友だちだ②。今この瞬間から。ついでに新しい経費請求の仕方を教わる。パソコンまでいじってくれて、とても親切。ずうたいの割には、優しいやつだ。

（中略）

（2010年4月15日読売新聞による）

 読 解 練 習

　次の文章を読んで、次の問いに答えなさい。答えは1、2、3、4からもっとも適当なものを一つ選びなさい。

問1　「あえて意味を調べないことがある①」とあるが、どんな意味か。

　　1. 面倒くさいから、あまり意味を調べないこと。

　　2. 知らない言葉が多すぎ、あまり辞書を調べないこと。

　　3. カタカナで表記する言葉に興味がなく、あまり辞書を調べないこと。

　　4. 英語がうまいから、カタカナを見て、すぐ意味が分かるため、辞書を調べないこと。

問2　「君は仲間を超えて友だちだ②」とはある、S庄君を仲間以上の親友とする理由は何か。

　　1. S庄君は筆者と同じように大きな体をしていること。

　　2. S庄君は筆者と同じように言葉の意味を知らないこと。

3. S庄君は筆者と同じようにカタカナ表記の言葉に
興味ないこと。
4. S庄君は筆者に経理のことを教えてくれたこと。

語彙練習

一、発音を聞いて、対応する日本語の常用漢字を書いて
ください。

1. _____ ;　　2. _____ ;　　3. _____ ;　　4. _____ ;

5. _____ ;　　6. _____ ;　　7. _____ ;　　8. _____ ;

9. _____ ;　　10. _____ 。

二、次の文の____に入れる言葉として最も適切なものを
一つ選びなさい。

1. ゴリ押せば、_____のことはうまくいく。

2. _____お詫びする。

3. 繰り返しの努力で_____目標を達成したいと思いま
す。

4. この資料では、インターネット_____ファイルの
フォルダの内容を削除する方法について説明しま
す。

重重　一時　絶対に　たいてい

三、言葉の理解

1. 例 文

重ね重ね；くれぐれ；おりおり

1. <u>くれぐれ</u>もお体を大事にしますよう御願い申し上げます。
2. 当社のせいで<u>重ね重ね</u>ご迷惑をかけました。
3. この場を借りて、四季<u>折々</u>の草花をカラー写真とともに紹介する。

2. 会 話

A：山田製造所の藤田と申しますが、このたび弊社製の「ひよこっち」につき不良品を納入し、貴社に多大なご迷惑をおかけしたことは申し訳なくと思っております。

B：いや、今回を含めて、2回目だよ。

A：**重ね重ね**の不始末、何卒お許しください。早速、製造過程全般についてご調査いたし、後ほど書中にてご報告させていただきます。

B：まあ、今後起こらないように注意してくださいね。

A：承知いたしました。二度とこのようなことのないように万全を期す所存ですので、本件は何卒ご容赦いただきますよう御願いします。

3. 拡大練習

考えられる言葉を入れてみましょう。

重ね重ね: _____

くれぐれ: _____

おりおり: _____

☕ 完全マスター «

1. 政治家という職業は、金銭感覚が( )してしまうのだろうか?
   1. 麻酔   2. 疲労
   3. 麻痺   4. 熟睡

2. 先生に作文を( )してもらった。
   1. 削除   2. 削減
   3. 軽減   4. 添削

3. マンガの読み過ぎで、現実と( )違いがわからなくなった。
   1. 架空   2. 高架
   3. 空想   4. 思想

4. 歩道を歩いていたら、( )ビルの壁が崩れ落ちて来たのだった。
   1. 不意   2. 意外
   3. 案外   4. 突然

5. 大都市の人口( )が低くなってきている。
   1. 適度   2. 濃度
   3. 密度   4. 制度

6. いている教室を(　　　)で使用してはいけません。
　　1. 無断　　　　　　　　　　2. 無論
　　3. 無口　　　　　　　　　　4. 無念

7. 彼は同僚とも、また上司とも(　　　)良くつきあえる将来有望な社員である。
　　1. 要項　　　　　　　　　　2. 項目
　　3. 事項　　　　　　　　　　4. 要領

8. この車は特にエンジンの(　　　)が優れている。
　　1. 適性　　　　　　　　　　2. 個性
　　3. 性能　　　　　　　　　　4. 性質

9. テレビ番組での差別発言に対して(　　　)の電話が殺到した。
　　1. 抵抗　　　　　　　　　　2. 反抗
　　3. 抗議　　　　　　　　　　4. 抗争

10. 社長を神や仏のように(　　　)する社員たち。
　　1. 信仰　　　　　　　　　　2. 祈願
　　3. 支持　　　　　　　　　　4. 崇拝

総合理解 7

　福岡に勤務していた頃、ある役所の方と食事をしていた
とき、共通の知人がいることが分かった。その人は途端に
笑みをこぼし、声を弾ませて言った。「よか男でしょ。私
の悪友ですわ。あれのことなら、尻の穴のしわの数まで知
っとります」ぷっと吹き出すと同時に、すごい比喩を使う
人だなあと感心させられた。人生を刻むのは顔のしわだけ
ではないらしい。ご両人は幼なじみで、中学の野球部では
ライトとセンター。その間を打球がゴロで抜けたりする
と、監督に二人並べられてげんこつを食らったと言う。そ
うした関係が、人にとって本来秘密であるべき場所の様子
に例えられている。それにしても、美しくない。現実離れ
もはなはだしい。それなのに好ましく思えるのはなぜか。
<u>私がおかしいのか</u>①。このような困惑から数年後、ああ、
そうだったのか、と博多っ子の代名詞のような武田鉄矢さ
んのエッセーに教えられた。「ふられ虫がゆく!」(講談社
文庫)に書いている。

　〈九州はなぜか、このテの汚い表現をごくふつうに会話
の中で使う。「お知り合いですか」ときかれたようなとき
でも、「よく知ってます」とだけいえばいいものを、「知
っとるどころか、尻の穴のしわの数まで知っとります」と
力む〉つまりは、お国言葉のようなものなのだ。先のお役
人が個人で編み出した表現ではなかったのである。

「刎頸の友（友人のためなら首を切られても後悔しない）」と呼べば大げさだし、「竹馬の友」では付き合った頃の年代が限られる。それよりはずっと、すそ野の広そうな言葉だ。ついでに、つまらないことを考えてしまう。はたして、実際に数えた人がいるのだろうかと。鏡を見ながら、1本ずつ。いやいや、想像はやめておこう。電車の中などでふいに思い出し笑いをして②、近くの人に気味悪がられては困るから。

　（中略）

（2010年8月5日読売新聞による）

 読 解 練 習

　次の文章を読んで、次の問いに答えなさい。答えは1、2、3、4からもっとも適当なものを一つ選びなさい。

問1　「私がおかしいのか①」とはある、筆者は自分がおかしいと思う理由は何か。

　　1. 二人は監督さんに並べられてげんこつを食らったことに不思議に思う。

　　2. 関係いい友人は離れ離れになったこと。

　　3. 友人のことを言うとき、下品な言葉を使ったこと。

　　4. 美しくない表現なのに好ましく思ってしまうこと。

問2　「電車の中などでふいに思い出し笑いをして②」とはあるが、笑い出した原因は何か。

　　1.「刎頸の友」の意味を考えると、おかしいと思っ

ている。

2.「竹馬の友」の意味を考えると、おかしいと思っ
ている。

3.「尻の穴のしわの数まで知っとります」の意味を
考えると、おかしいと思っている。

4. 電車の中で自分でいろいろ妄想しているから、お
かしいと思っている。

語彙練習

一、発音を聞いて、対応する日本語の常用漢字を書いて
ください。

1. _____;   2. _____;   3. _____;   4. _____;

5. _____;   6. _____;   7. _____;   8. _____;

9. _____;   10. _____ 。

二、次の文____のに入れる言葉として最も適切なものを
一つ選びなさい。

1. いいことがあったので、思わず _____。

2. 面白画像を毎日紹介！思わず_____爆笑画像から、
ちょっとかわいい画像まで、とにかくたくさんです。

3. 深く頭を下げるイカ吉を見て、タコ吉が穏やかな
_____。

笑みをこぼす　声が弾む　吹き出す

三、言葉の理解

1. 例 文

～こぼす

1. 首相は「官邸にいるとなかなか情報が入ってこない」と愚痴を<u>こぼす</u>。

2. おっぱいを飲んだあとはき<u>こぼす</u>のは少量ですか。

3. この肉がちょっと硬いから、<u>煮こぼす</u>必要がある。

2. 会 話

A：昨日、牛スジ肉をもらったので、下処理の仕方をネットで検索していましたら、「**煮こぼす**」という表現が出てきましたけど、どういう風にすればいいでしょうか。

B：いや、私も分かりませんので、料理上手な人に聞いてみましょうか。

A：はい、よろしく。

B：「煮こぼす」とは煮汁を捨てた後、新しく水を張ってまた茹でることだそうです。

A：ええ、じゃあ、4回煮こぼすってことは4回繰り返さなければならないってわけ。

B：そうみたいですね。

3. 拡大練習

考えられる言葉を入れてみましょう。

_____

_____＋こぼす

_____

1. 人間が暗やみを恐れるのは( )である。
    1. 本質　　　　　　　　　2. 体質
    3. 本能　　　　　　　　　4. 本音

2. なんと18歳の若さで、驚異的な新記録を( )した。
    1. 到達　　　　　　　　　2. 到着
    3. 上達　　　　　　　　　4. 達成

3. 惜しくも敗れたが、再度( )したいと思う。
    1. 対抗　　　　　　　　　2. 抗争
    3. 戦争　　　　　　　　　4. 挑戦

4. 各国の( )が集まって、会議が行われた。
    1. 政府　　　　　　　　　2. 本部
    3. 首脳　　　　　　　　　4. 機関

5. 困っている人を見たら、何とかしてあげたいと思うのは( )である。
    1. 感情　　　　　　　　　2. 心情
    3. 心中　　　　　　　　　4. 人情

6. 仕事の帰り、つい酒の( )に負けて、家に帰るのが遅くなった。
    1. 勧誘　　　　　　　　　2. 誘惑
    3. 誘拐　　　　　　　　　4. 推薦

7. 駅前に( )された自転車通行の妨げとなる。
    1. 廃止　　　　　　　　　2. 廃棄
    3. 廃棄　　　　　　　　　4. 放置

8. 土、日には学校の校庭が市民に（　　）される。

   1. 公表　　　　　　　　　　2. 公開

   3. 開放　　　　　　　　　　4. 解放

9. 最初にミニスカートが（　　）したのはいつ頃だった
かな？

   1. 流通　　　　　　　　　　2. 流行

   3. 通行　　　　　　　　　　4. 交流

10. 逃亡中の犯人は指名（　　）された。

   1. 手際　　　　　　　　　　2. 手配

   3. 手分け　　　　　　　　　4. 手回し

総合理解 8

　日本語の大きな特徴には、母音が多いということ意外に、唇をあまり使わず、口の奥で構音する（言葉を作る）という点もある。つまり、口元を動かさずに、のどで言葉を作ってる感じだ。だから、日本語をしゃべっていると、能面とポーカーフェイスといわれる無表情な顔になる。外国人にとっては、これ①がすごく不気味に思えるらしい。（中略）

　試しに、鉛筆かボールペンか何かを、横向きに加えてしゃべってみよう。

　日本語だとちゃんと聞き取れるようにしゃべれるが、たとえば英語だと、何言ってんだか分からなくなる。日本語は口の奥で構音するが、英語などは口の先っぽで構音するからだ。口の先っぽに「口かせ」をはめられちゃうと、どうにもならないのだ。

　中国語でも「口かせ」をはめると、何言っているんだか分からなくなる。というよりも発音する自体、ほとんど不可能になってしまう。同じアジアのお隣さんの国でも、ぜんぜん違うのだ。

　母音が多いだけではなく、発音の仕方からしても、日本語はのど声向きにできている。逆に日本語だからこそ、のど声が完成されたのかもしれない。日本語はつまり「喉語②」なのだ。

（中野純　『日本人の鳴き声』NTT出版社による）

 読　解　練　習

　次の文章を読んで、次の問いに答えなさい。答えは1、2、3、4からもっとも適当なものを一つ選びなさい。

問1　「これ①」とはある、何のことか。

　　1. 母音が多いこと。

　　2. 表情を変えずに話すこと。

　　3. 喉から音が出てくること。

　　4. 発音の仕方が違うこと。

問2　文中の「口かせをはめる」の説明として正しいものはだれか。

　　1. 口元を見せないように能面を顔につけること。

　　2. 口が開かないように、唇を閉じたままにすること。

　　3. 唇が動かないように、細長いものを横に加えること。

　　4. 小さい声でしか話せないように、口の回りに布をかぶせること。

問3　「喉語②」とは何か。

　　1. 口元をあまり動かさず、口の奥で言葉を作る特徴を持つ言語。

　　2. 口元をよく動かしながら、口の奥で言葉を作る特徴を持つ言語。

3. ボールペンを横に加えると、発音することが不可能になるような言語。

4. ボールペンを横に加えて話すと、母音が聞き取りやすくなるような言語。

語彙練習

一、発音を聞いて、対応する日本語の常用漢字を書いてください。

1. ＿＿＿＿ ； 2. ＿＿＿＿ ； 3. ＿＿＿＿ ； 4. ＿＿＿＿ ；

5. ＿＿＿＿ ； 6. ＿＿＿＿ ； 7. ＿＿＿＿ ； 8. ＿＿＿＿ ；

9. ＿＿＿＿ ； 10. ＿＿＿＿ 。

二、次の文の＿＿＿に入れる言葉として最も適切なものを一つ選びなさい。

1. 米国ではうつぶせや＿＿＿＿になった乳児が、寝返り防止グッズに顔を押し付けた状態で窒息死する事故が過去13年間に12件発生した。

2. アルファルファモザイクの【閲覧注意】都心で＿＿＿＿な張り紙が増殖中らしい。

3. 子どもは喜怒哀楽をすなおに表すのが一般的ですから、家で＿＿＿＿な子というのは、とてもめずらしいことです。

> 横向き　無表情　不気味

三、言葉の理解

1. 例 文

無～

1. この事件に<u>無関係</u>な人間には資料を漏らさないでほしい。

2. <u>無担保</u>で誰でも融資できるカードローンのことを紹介する。

3. 子どもは喜怒哀楽をすなおに表すのが一般的ですから、家で<u>無表情</u>な子というのは、とてもめずらしいことです。

2. 会 話

A：最近、授業で**無表情**な学生が結構多くて、ちょっと困っています。

B：何も言わないってことですか。

A：それだけではなく、質問をされたとき、できるかできないかも言わず、ただぼうっと立っているだけ。

B：そういえば、うちのクラスにもいますよ。分かっているかどうか判断できなくて、本当に頭が痛いです。

A：どうして最近の若者は無表情になったのかな。不思議！

3. 拡大練習

考えられる言葉を入れてみましょう。

無＋ ＿＿＿＿＿＿＿＿＿＿＿＿＿
　　 ＿＿＿＿＿＿＿＿＿＿＿＿＿
　　 ＿＿＿＿＿＿＿＿＿＿＿＿＿

完全マスター «

1. 友人の車を借りて、傷をつけてしまった。お金で
（　　）するしかあるまい。
   1. 返還　　　　　　　　　2. 返済
   3. 弁償　　　　　　　　　4. 弁解

2. この作品は、およそ10年にわたる血と涙の（　　）
である。
   1. 結成　　　　　　　　　2. 結束
   3. 団結　　　　　　　　　4. 結晶

3. （　　）昔から、人は戦争を繰り返してきた。
   1. おおげさな　　　　　　2. おおまかな
   3. はるかな　　　　　　　4. ひそかな

4. 今こそ「人はなぜ教育が必要なのか」という（　　）
な疑問に立ち戻るべきだ。
   1. 素質　　　　　　　　　2. 素朴
   3. 地味　　　　　　　　　4. 純粋

5. 毎日毎日人は、（　　）量の情報を消費している。
   1. うっとうしい　　　　　2. ややこしい
   3. おびただしい　　　　　4. ばかばかしい

6. 秋の夜、都会でも窓を開ければ、（　　　）虫の声が聞
こえてくる。
　　1. かすかに　　　　　　　　2. こまやかに
　　3. あやふやに　　　　　　　4. こっけいに

7.「お金が無くなったら借りれば良い」という（　　　）
考えは通用しない。
　　1. 容易な　　　　　　　　　2. 簡単な
　　3. 簡素な　　　　　　　　　4. 安易な

8. この花瓶は倒れやすいので、（　　　）ものの上に置い
てください。
　　1. ひさしい　　　　　　　　2. たやすい
　　3. ひらたい　　　　　　　　4. しぶとい

9. 試験中なのに、毎日雨ばかりで（　　　）です。
　　1. しとやか　　　　　　　　2. あざやか
　　3. つぶら　　　　　　　　　4. ゆううつ

10. 渡っていた橋が崩れ落ちるという（　　　）夢を見た。
　　1. 不明な　　　　　　　　　2. 不審な
　　3. 不吉な　　　　　　　　　4. 不当な

第五章　長文

キーポイント

　長文を解くにはまるで犯人探しをするような推理分析が必要だ。自分勝手に正解を決め込むのではなく、文章の内容から正解を推理するのだ。

長文 1

　世間では、今表現教育ということが盛んに叫ばれている。子供たちに、どうにかして、「豊かな表現力」「誰とでも話せるコミュニケーション能力」を身につけさせようと、親も教師も躍起になっている。子供のほうから見れば、表現を強要されているとさえいえる状況①だ。

　だがどうも、教える側も、子供たちの方も、「表現」ということを無前提に考えすぎていないか？

　いや、いったい、何をそんなに伝えたいというのか？

　私はここ数年、演劇のワークショップ（体験型の演劇教

室)を、年間で百コマ以上、全国で繰り返して開催してきた。教育の門外漢に、このような依頼が殺到するのも、表現教育隆盛の一つの現れであろうか。

ただ、私が、そういった場で子供たちに感じ取ってもらいたいことは、表現の技術よりも、「他者と出会うことの難しさ②」だった。どうすれば、コミュニケーション能力が高まるかではなく、自分の言葉は他者に通じないという痛切な経験を、まず第一にしてもらいたいと考えてきた。

高校演劇の指導などで全国を回っているといつも感じるのは、生徒創作の作品のいずれもが、自分の主張が他者に「伝わる」ということを前提として書かれている点だ。

私は、創作を志す若い世代に、演劇を作るということは、ラブレターを書くようなものだ③と説明する。「俺は、お前のことがこんなに好きなのに、お前はどうして私のことは分かってくれないんだ」という地点から、私たちの表現は出発する。分かり合えるのなら、ラブレターなんて書く必要はないではないか。

日本はもともと、流動性の低い社会のなかで、「分かり合う文化」を形成してきた。誰も知り合いで、同じような価値観を持っているのならば、お互いがお互いの気持ちを察知して、小さな共同体がうまくやっていくための言葉が発達するのは当然のことだ。それは日本文化の特徴であり、それ自体、卑下すべきことではない。

明治以降の近代化の過程も、価値観を多様化するというよりは、大きな国家目標にしたがって、価値観を一つにまとめる方向が重視され、教育も社会制度も、そのように④

プログラミングされてきた。

　均質化した社会は、短期間での近代化には好条件だ。日本は明治の近代化と、戦後復興という2つの奇跡を成し遂げた。

　しかし、私たちはすでに大きな国家目標を失い、個人はそれぞれの価値観で生き方を決定しなければならない時代に突入している。このような社会では、価値観を1つに統一することよりも、異なる価値観を、異なったままにしながら、その価値観を摺り合わせ、いかにうまく共同体を運営していくかあ重要な課題となってくる。

　いま、あらゆる局面で、<u>コミュニケーション能力が重視されるのは、ここに原因がある</u>⑤。「分かり合う文化」から「説明しあう文化」への転換を図ろうということだろう。

　だが、ここに一つの落とし穴がある。

　表現とは、単なる技術のことではない。闇雲にスピーチの練習を繰り返しても、自己表現がうまくなるわけではない。

　自己と他者とが決定的に異なっている。人は一人ひとり、異なる価値観を持ち、異なる生活習慣を持ち、異なる言葉を話しているということを、痛みを伴う形で記憶しているものだけが、本当の表現の領域に踏み込めるのだ。

（平田オリザ「緩やかなきずな」2001年6月27日付毎日
　新聞朝刊による）

〈読〉〈解〉〈練〉〈習〉

　次の文章を読んで、次の問いに答えなさい。答えは1、2、3、4からもっとも適当なものを一つ選びなさい。

問1　「状況①」とあるが、筆者は今どんな状況だと言っているか。

　　1. 親や教師が子供に無理やりに表現させようとはしない状況。

　　2. 親や教師が子供に相互理解の重要性を教えようとしている状況。

　　3. 親や教師が子供にとにかく何かを表現させようとしている状況。

　　4. 親や教師が子供に表現することの難しさを教えようとしている状況。

問2　「他者と出会うことの難しさ②」とあるが、何を指しているか。

　　1. 表現の技術を高めることの難しさ。

　　2. 言葉の通じない国で交流する難しさ。

　　3. 本当の心の友と出会うことの難しさ。

　　4. 言いたいことを相手に伝える難しさ。

問3　「演劇を作るということは、ラブレターを書くようなものだ③」とあるが、どのような意味か。

　　1. お互いに分かり合えることを前提にして、演劇を作り上げるべきだ。

2. 相手に自分の主張を通じないことを前提に、演劇
　を作り上げるべきだ。

3. 恋人に自分の愛情を表現するのと同じ気持ちで、
　演劇を作り上げるべきだ。

4. 相手に気持ちを伝える技術を磨くことを目的に、
　演劇を作り上げるべきだ。

問4 「そのように④」とあるが、どのような意味か。

1. 個人が生き方を選択できるように。

2. 誰も同じような表現能力を持てるように。

3. 存在する異なった価値観が共存するように。

4. 国家の目標に合う価値観にまとまるように。

問5 「コミュニケーション能力が重視されるのは、ここ
に原因がある⑤」とあるが、その原因とは何か。

1. 私たちの心の中には、自分の主張が他者に伝わる
　ことはないと考えてしまう傾向があるから。

2. 異なった価値観がぶつり合うとき、どちらの価値
　観が優れているか、明確に示さなければならない。

3. 現在は、個人がそれぞれ生き方を決定する必要が
　あり、異なる価値観をうまく共存させることが必
　要だから。

4. 現在は、国家的な目標がなくなり、共同体として
　まとまりを保つために、表現技術に優れた指導者
　が必要だから。

問6　現在の日本の社会について、筆者が述べていること
　　と合っているものはどれか。
　　1.「分かり合う文化」から「説明しあう文化」へと向
　　　かう途上にある。
　　2.「分かり合う文化」と「説明しあう文化」がうまく
　　　共存し始めている。
　　3. すでに「分かり合う文化」から「説明しあう文化」
　　　への転換を成し遂げたといえる。
　　4.「分かり合う文化」は今も日本文化の特徴で、人々
　　　の価値観は基本的に同じである。

問7　筆者は、自己表現がうまくなるには、どんなことが条
　　件になると言っているか。
　　1. 相手に自分の言葉が伝わらなかったというつらい
　　　経験をもつこと。
　　2. 自分の主張が相手に伝わるようにスピーチの練習
　　　を何回もすること。
　　3. 外国で暮らしたり、外国語を勉強したりした経験
　　　を持っていること。
　　4. 自分と相手の気持ちがお互いに分かり合えた経験
　　　を沢山持つこと。

〈語〉〈彙〉〈練〉〈習〉

一、発音を聞いて、対応する日本語の常用漢字を書いて
　ください。

　　1. _____ ;　　2. _____ ;　　3. _____ ;　　4. _____ ;

　　5. _____ ;　　6. _____ ;　　7. _____ ;　　8. _____ ;

　　9. _____ ;　　10. _____ 。

二、次の文の____に入れる言葉として最も適切なものを
　一つ選びなさい。

　　1. 今日思ったのは、意見を_____能力というのはやは
　　　り必要だなあということです。

　　2. 彼女が大きく_____秘訣はここにあると思う。

　　3. 人と_____のに大切なのは心であって、出会った回
　　　数は関係ないのだと感じたひとときだった。

　　　分かり合う　成し遂げる　すり合わせる

三、言葉の理解

　　1. 例 文

　　　〜あわせる

　　　1. 昨日、2枚の布を縫い合わせて、一つの買い物袋
　　　　をしていました。

　　　2. 明日の朝8時、学校行きの715番バス停で待ち合
　　　　わせましょう。

　　　3. 昨日、10年ぶりの友達と同じ電車に乗りあわせ
　　　　た。

2. 会 話

A：演技をするうえで、大切にしていることはありますか？

B：(佐藤) 役柄と自分をすり合わせる作業かな。役柄によっては、自分のいままでの経験で表現できる感情もあれば、まったく未知の経験もあって、そういうときは、「これはどうやって表現すればいいんだろう？」って本当に悩みます。たとえば、『鋼鉄三国志』では劉備玄徳役を担当したのですが、ものすごく純真無垢な少年だったんですね、彼は。好きなものは好き、嫌いなものは嫌いと、はっきり言う男の子だったんです。ともすればイヤミに聞こえてしまいがちなセリフは、ただ単に素直な感情表現であって、それ以上でもなければそれ以下でもない。そんな無邪気さを26歳の佐藤利奈がどうやって出していけばいいのだろう。

3. 拡大練習

考えられる言葉を入れてみましょう。

_____

_____＋あわせる

_____

☕ **完全マスター** ≪ ●

1. 優勝戦は、意外に（　　）勝負が決まった。
   1. あっけなく　　　　　　　2. そっけなく
   3. はかなく　　　　　　　　4. ものたりなく

2. この年は、周辺から人が集まりすぎて（　　）状態だ。
   1. 過密　　　　　　　　　　2. 窮屈
   3. 不潔　　　　　　　　　　4. 不服

3. 病気が悪化し、（　　）ものも食べられなくなった。
   1. まして　　　　　　　　　2. せめて
   3. やけに　　　　　　　　　4. ろくに

4. 聞き手の（　　）がないと、スピーチをしていて話しづらい。
   1. 応答　　　　　　　　　　2. 返答
   3. 対応　　　　　　　　　　4. 反応

5. 駅前の再開発工事は、順調にいけば来年の10月に完了する（　　）だ。
   1. 見合い　　　　　　　　　2. 見込み
   3. 見積もり　　　　　　　　4. 見晴らし

6. 仕事はできるだけ早めに始めるように（　　）いる。
   1. いどんで　　　　　　　　2. とりくんで
   3. こころがけて　　　　　　4. はかどって

7. 田中さんは目上の人にはていねいだが、下の人にはとても（　　）なる。
   1. おろかに　　　　　　　　2. おろそかに

3. ぞんざいに　　　　　4. つきなみに
8.「近代」という（　　　）を、わかりやすく正確に説明
　するのは難しい。
　1. 意識　　　　　　　　2. 概念
　3. 文脈　　　　　　　　4. 様相
9. 山田さんは頼りにならないと思っていたが、今度の
　活躍を見てその考えを（　　　）。
　1. おさめた　　　　　　2. あらためた
　3. うちきった　　　　　4. おいだした
10. このアンケートに協力するかしないかは自由で、
　（　　　）はしないということにしたい。
　1. 圧迫　　　　　　　　2. 強制
　3. 催促　　　　　　　　4. 一致

 長文2

　来世紀に向けて、個人レベルであれ地域社会・地球規模
であれ、科学技術の進歩ゆえにいっそう複雑になていく問
題に対して、個人が判断しなくてはならない局面が増えて
いくことだろう。そのときに自分なりに納得のいく判断を
下すためには、科学に無関心・無理解を決め込んだりせ
ず、普段から科学に目を向け、科学的な考え方に触れてい
る必要があるだろう。つまり、科学と社会を結びつける良
質の情報が必要なのである①。その情報は自分の行動に役

立てるために受信するだけではなく、場合によっては、自ら責任ある発信者となるために役立てることも大切である。

　残念なことに、科学者がもたらした成果は、そのままでは判断材料としては役に立たないことが多い②。まず、専門用語ゆえに科学は取り付きにくい。科学が高度に細分化したために、領域が異なれば科学者でも理解が困難な状況になってしまっている。良質な情報は優れた表現能力③を伴わなくてはならないが、実際のところ、研究に専念している科学者には時間的な余裕がなく、そうした表現能力を磨くいとまもないのが普通である。

　一方、科学者にも良質な情報が必要である④。科学者は何かしら新しいことを世界に先駆けて発見・発表することに熱中するものである。その結果が化学・生物・核兵器の開発に加担することはないか、あるいはわれわれの生活ないし地球という生態系に思いよらぬ影響を与えることがないかに思いを馳せる機会は、必ずしも多くはない。こうした点⑤に関して、科学者は外部から指摘される必要がある。

　（⑥）最先端の科学の研究成果とその社会的意味を科学に慣れ親しんでいない人に、また社会的意味については科学者に対しても改めて説明する人材、つまり、科学の〝インタープリター〟が必要となる。インタープリターは専門用語の単なる直訳者ではなく、問題を指摘し、進むべき方向を示唆する、科学と実生活の橋渡しをする解説・評論者である。かれらが架けるその橋は、専門化した科学技術を公開して市民を啓蒙するという一方通行のものであっては

いけない。インタープリターには科学者が普段忘れがちな社会への波及効果、論理的問題、ほかの科学技術や学問分野との連繋の可能性なども鋭く指摘してほしい。また、一般の人の科学に対する素朴な疑問の中からインタープリターが斬新な考えを吸い上げることで、科学者は思いもよらぬ発想転換のヒントを得られることも考えられる。現在でも優れた作家、評論家、科学者、ジャーナリストなどが先端科学のインタープリターとして活躍しているが、21世紀に向けてその活躍はますます期待されている。

（黒田玲子「社会のなかの科学、科学にとっての社会」『現代日本文化論13日本人の科学』岩波書店による）

読解練習

次の文章を読んで、次の問いに答えなさい。答えは1、2、3、4からもっとも適当なものを一つ選びなさい。

問1 「科学と社会を結びつける良質の情報が必要なのである①」とあるが、この「良質的な情報」とは何か。

1. 一般の人にも役に立つ科学に関する情報。
2. 複雑な社会の問題に関係のある科学的情報。
3. 科学者が研究のヒントにできるような情報。
4. 社会に大きな影響を与える科学に関する情報。

問2 「役に立たないことが多い②」とあるが、筆者はどうしてそう思うのか。

1. 科学者には複雑な問題を考える時間的余裕がない

から 。

2. 科学者がもたらした成果は社会的意味があまりないから 。

3. 科学者の発表する研究成果は一般の人には理解が困難だから 。

4. 科学が高度になり、一般の人は科学に関心を持たなくなったから 。

問3 「 表現能力③ 」とあるが、ここではどんな能力のことを言うのか 。

1. 科学技術の進歩に伴い複雑化する問題を解決できる能力 。

2. 自分の研究成果が一般の人にも分かるように説明できる能力 。

3. 領域の違う科学者と自分たちの研究成果について話し合える能力 。

4. 一般の人と地域社会を結びつける優れた研究を発表できる高度な能力 。

問4 「 科学者にも良質な情報が必要である④ 」とあるが、筆者はどんな情報が必要だと言っているか 。

1. 自分の研究成果が、社会生活や地球環境などに、どんな影響を与えるかを示す情報 。

2. 自分の研究を、科学に慣れ親しんでいない人に、わかりやすく解説する方法を教える情報 。

3. 自分の領域とは異なる研究の成果が、自分の研究

にどのような影響を与えているかを示唆する情報。

4. 自分の研究に対して、領域の異なる科学者や一般の人はどんな関心を持っているかを知るための情報。

問5 「こうした点⑤」とあるが、どんな点か。

1. 自分の研究成果がどのような社会的意味を持つかという点。

2. 自分と同じ研究をしている科学者がどのぐらいいるかという点。

3. 自分の研究の内容や進め方に新しい発見があったかどうかという点。

4. 科学者が自分の研究成果の影響について発表したかどうかという点。

問6 （⑥）にはいるもっとも適当な言葉はどれか。

1. さらに　　　　　　2. そこで

3. あるいは　　　　　4. ところが

問7 筆者がインタープリターが科学者に対してどのように働きかけることを期待しているか。

1. 科学の研究成果がどのような社会的問題を引き起こすかについて、調べるように指導すること。

2. 一般の人の科学に対する疑問に答えられるように、科学者が表現能力を磨くことの重要性を訴えること。

3. 作家、評論家、ジャーナリストがさらに活躍できる

ように、研究成果をできるだけ早く公開するように
促すこと。

4. 科学者の気づかない問題点を指摘し、他分野との
協力の可能性や研究のヒントになるような情報を
提供すること。

語彙練習

一、発音を聞いて、対応する日本語の常用漢字を書いて
ください。

1. _____ ;　　2. _____ ;　　3. _____ ;　　4. _____ ;
5. _____ ;　　6. _____ ;　　7. _____ ;　　8. _____ ;
9. _____ ;　　10. _____ 。

二、次の文の___に入れる言葉として最も適切なものを
一つ選びなさい。

1. 先週は、_____島もないような状態だったので、息
付く暇も無かったですよ。

2. 本物の樹木が水を_____巧みなプロセスを、手のひ
らサイズで再現したものだ。

3. 外国を学ぶには、ネイティブのアクセントやイント
ネーションに_____ことが大切だ。

4. レベッカ・サクスは、脳がどのように他人の考えに
ついて考え、そしてその行動に_____かに関する、
魅惑的な研究結果を出した。

判断を下す　取り付く　慣れ親しむ　吸い上げる

三、言葉の理解

1. 例 文

～あげる

1. 私は始めてマフラー編みに挑戦し、1週間でもう<u>編み上げた</u>。

2. まずは書中にてお悔やみ<u>申し上げ</u>ます。

3. 兄は水筒を高く<u>持ち上げ</u>ていて、弟はなかなか手が届かない。

2. 会 話

A：ある日、ラピュタの中心にある大きな樹は考えた。

B：ぼくは、もっと大きくなれないものか。もっと大きくなれば、食べられる実をつけられるようになるし、木陰をつくれるように枝葉を伸ばし、たくさんの落ち葉をふらせて今よりも肥沃な土地がつくれるんじゃないか。そこで、次の日から大きな樹はたくさんの水とたくさんの栄養を**すいあげる**ようになった。ぎゅん、ぎゅん—おおきな音をたてて、大きな樹は水を栄養をすいあげる。

3. 拡大練習

考えられる言葉を入れてみましょう。

＿＿＿＿＿＿＿＿＿＿＿＿＿＿

＿＿＿＿＿＿＿＿＿＿＿＿＿＿＋あげる

＿＿＿＿＿＿＿＿＿＿＿＿＿＿

1. あんなに部下を(　　　)ばかりいないで、たまにはほめてもいいのに。
   1. こなして　　　　　　　　2. けなして
   3. せかして　　　　　　　　4. くつがえして

2. 彼がそこへ行ったという事実は(　　　)で、疑うべくもない。
   1. 明朗　　　　　　　　　　2. 明瞭
   3. 明白　　　　　　　　　　4. 明確

3. 情報は、(　　　)別にファイルを作って整理している。
   1. ジャンプ　　　　　　　　2. ジャンパー
   3. ジャンボ　　　　　　　　4. ジャンル

4. 彼は(　　　)から、多少困難な状況にあってもやっていける。
   1. いやらしい　　　　　　　2. このましい
   3. たくましい　　　　　　　4. なれなれしい

5. 優勝戦は、意外に(　　　)勝負が決まった。
   1. あっけなく　　　　　　　2. そっけなく
   3. はかなく　　　　　　　　4. ものたりなく

6. この都市は、周辺から人が集まりすぎて(　　　)状態だ。
   1. 過密　　　　　　　　　　2. 窮屈
   3. 不潔　　　　　　　　　　4. 不服

7. 病気が悪化し、(　　　)ものも食べられなくなった。

1. まして　　　　　　　　2. せめて
　　3. やけに　　　　　　　　4. ろくに
8. 聞き手の（　　）がないと、スピーチをしていて話づらい。
　　1. 応答　　　　　　　　　2. 返答
　　3. 対応　　　　　　　　　4. 反応
9. 駅前の再開発工事は、順調にいけば来年の10月に完了する（　　）だ。
　　1. 見合い　　　　　　　　2. 見込み
　　3. 見積もり　　　　　　　4. 見晴らし
10. 仕事はできるだけ早めに始めるように（　　）いる。
　　1. いどんで　　　　　　　2. とりくんで
　　3. こころがけて　　　　　4. はかどって

長文3

　　知覚の役割は、教科書的には、当面の世界の状況を具体的に把握することだと説明される。ある日突然、知覚の一つを失ったことを考えると、それはよく分かる。それぞれの知覚についての教科書的な説明は、だから五感という入力そのものの具体的な説明である。しかし、脳にとっての知覚入力全体の役割は、それぞれの知覚そのものが果たす役割とは、違うはずである。脳は、そうした諸入力の共通処理装置でもあるからである。ヒトの知覚入力が脳で究

極的に処理されて生じる、もっとも重要なことはなにか。

　私はそれを世界像の構築だと考える。われわれだれでも、ある世界に住んでいると思っている。その世界では、熱いものに触れればやけどし、火傷するとしばしば痛む。私の家からしばらく歩けばお寺があり、休日には何人もの人が写真を取ったり、見物しているのを見ることができる。そこから20分も歩けば、鎌倉に着く。そこには東京方面と横須賀方面行きの電車が走っており、すこし違った方向へ行けば、江ノ島電鉄線に乗れることが分かっている。

　こうした身の回りの世界像は、動物でも多かれ少なかれ、持っているはずである。たとえば私の家のネコも、自分の住む世界をそれなりに把握している。それはどうやらお寺の庭までらしい。そこまで出かけているのは見ることがあるが、それ以上先では、見かけたことがからである。このネコを抱いて、ネコの知っているらしい範囲から出ようとすると、手の名亜で暴れだし、飛び降りて逃げてしまう。

　単純な世界像の一つとして、ダニの世界を挙げることができる。<u>葉上にいる吸血性のダニ①</u>は、炭酸ガスに反応して、運動が盛んになる。炭酸ガスの濃度があがることは、近くに呼吸をする動物が近づいた可能性を意味するからである。そこにわずかな振動が加わると、ダニが落下する。うまく落下すれば、動物の体のうえに落ちる。そこが37度程度の温度である、あとは酪酸のにおいがすれば、ダニはただちに吸血行動を始める。（中略）このように、動物

がそれぞれの限られた知覚装置から、自分の生存に必要な世界像を作っているであろうということは、ヤコブ・フォン・エクスキュルによって最初に主張されたことである。

　われわれヒトが持っている世界像は、はるかに複雑である。しかし、そうした世界像が出来上がるについては、ダニの場合と根本的には同じように、そこにさまざまな知覚入力があったはずである。

　それらの入力は、脳で処理され、しばしば保存される。学校で勉強したことも、知覚からの入力である。先生の話を聞けば、話は耳から入ってくる。これは聴覚系からの入力である。教科書を読めば、視覚から入力が入ってくる。こうして五感から入るものを通して、われわれは自分の住む世界がいかなるものであるか、その像を作り出し、把握しようとする。

　このように把握された世界は、動物が把握するような自然の世界だけではない。ヒトはさらに社会を作り出す。言い方を変えれば、社会はそうした世界像を、できるだけ共通にまとめようとするものである。ある社会のなかでは、人々はしばしば特定の世界像に対する好みを共有している。だから、その社会は、共通の価値観を持ち、人々はしばしば共通の行動を示す。同じ社会のなかでも、友人どうしはそうした世界像が一致している場合が多い。さもないとお互いに居心地が悪かったり、けんかになったりする。特定の世界像を構成し、それを維持し、発展させること、それが社会と文化の役割である。社会は実は(②)である。

　　　　（養老孟司『考えるヒント』筑摩書房による）

文章を読んで、それぞれの問いに対する答えとして最も適当なものを1、2、3、4から一つ選びなさい。

問1　筆者によると、脳にはどのような役割があるか。

　　1. 知覚そのものが持つ働きを使って、世界の中で自分の役割を考えること。

　　2. 五感を通して知覚入力し、いろいろなものをみたり、痛いと感じたりすること。

　　3. 実際の行動を通して入ってきた知覚により、自分の世界とは違う世界を知ること。

　　4. 入ってきた近くを処理し、自分が住む世界を把握してそのイメージを形成すること。

問2　ネコの世界像について述べた以下の文の中で、正しいものはどれか。

　　1. ネコは世界像を持たず、生活する範囲はかなり広い。

　　2. ネコも世界像を把握しているが、その外側でも生活できるようだ。

　　3. ネコにも世界像も存在し、ほぼその中だけで生活しているようだ。

　　4. ネコは世界像をもっていないが、行動範囲はある程度決まっている。

問3　「葉上にいる吸血性のダニ①」が世界像を構築する

上でもっとも必要になるものは何か。

1. 炭酸ガスと震動と37度の温度と酪酸の匂い。

2. 37度の温度と酪酸の臭いとダニの運動と震動。

3. 酪酸の臭いと炭酸ガスと動物の呼吸と吸血行動。

4. 炭酸ガスと37度の温度と動物の呼吸とダニの運動。

問4　人とダニの世界像について正しいものはどれか。

1. 人の世界像のほうが複雑だが、ほかから知識を学んで世界像を作る点は同じだ。

2. 人の世界像のほうが複雑であり、ダニは知覚入力を必要としない点で異なる。

3. 人の世界像のほうが複雑であり、ダニは知覚入力を脳に保存できない点で異なる。

4. 人の世界像のほうが複雑だが、いろいろな知覚を通して世界像を作る点は同じだ。

問5　人の社会と世界像について述べた以下の文の中で、この文章の内容と合っているものはどれか。

1. ある社会のメンバーは、それぞれが個別の世界像を持つが、お互いの価値観を一致させようとしている。

2. ある社会のメンバーは、ある世界像に対して同じような価値観のもとで同じような行動することが多い。

3. ある社会のメンバーは、世界像が一致しているこ

とにより、互いに居心地の悪さを幹事たり、けんか
をしたりする。

4. ある社会のメンバーは、特定の世界像に対して異
なった考え方を持つが、その対立の中で世界像を
発展させている。

問6　(②)にはいるもっとも適当な言葉はどれか。

1. 各メンバー固有の世界像。

2. 脳によって作り出された世界。

3. 文化を維持し、発展させるもの。

4. 知覚入力によって把握される世界の状況。

語 彙 練 習

一、発音を聞いて、対応する日本語の常用漢字を書いて
ください。

1. _____ ;　　2. _____ ;　　3. _____ ;　　4. _____ ;

5. _____ ;　　6. _____ ;　　7. _____ ;　　8. _____ ;

9. _____ ;　　10. _____ 。

二、次の文の____に入れる言葉として最も適切なものを
一つ選びなさい。

1. あまりに_____能動は受動に対立させられている。

2. 人間は誰しも、_____心に闇を持っている。

3. アクセス数を稼ぎ出すSEO、SEMに優れたweb屋のほ
うが、優れた技術を持つwebデザイナーよりも、

　　　　＿＿＿＿稼ぎやすく、お金が流れ易いということになります。

| 多かれ少なかれ　　はるかに　　しばしば |

三、言葉の理解

1. 例 文

〜かれ〜かれ

1. 早かれ遅かれ、山田さんも来るでしょう。
2. 人は多かれ少なかれ、悩みを持っているものだ。
3. よかれ悪しかれ、今回の集会に参加にいくものだ。

2. 会 話

A：夜熟睡しない人間は**多かれ少なかれ**罪を犯しているそうよ。

B：うそ、最近私はなかなか寝れず、朝も早く起きるよ。

A：これはたまたまのことでしょう。大丈夫。夜、ホラー映画をやめたらすぐ治ると思いますけど。

B：それはよかった。

3. 拡大練習

考えられる言葉を入れてみましょう。

＿＿＿＿＿＿＿＿＿＿　　　＿＿＿＿＿＿＿＿＿＿

＿＿＿＿＿＿＿＿＿＿＋かれ ＿＿＿＿＿＿＿＿＿＿＋かれ

＿＿＿＿＿＿＿＿＿＿　　　＿＿＿＿＿＿＿＿＿＿

1. うちの子は運転が乱暴で、事故を起こすのではない
   かと、わたしはいつも（　　）している。
   1. おどおど　　　　　　　　2. しみじみ
   3. はらはら　　　　　　　　4. ぼつぼつ

2. あの人は常に努力を（　　）ので、尊敬されている。
   1. かばわない　　　　　　　2. おかさない
   3. おこたらない　　　　　　4. かたよらない

3. この事業を実行するためには、まず人材を（　　）す
   る必要がある。
   1. 確信　　　　　　　　　　2. 確立
   3. 確率　　　　　　　　　　4. 確保

4. 何回会議をやっても結論が出ないので、（　　）いや
   になった。
   1. つくづく　　　　　　　　2. わざわざ
   3. ぞくぞくと　　　　　　　4. くれぐれも

5. 畑に（　　）小麦が芽を出した。
   1. ました　　　　　　　　　2. まった
   3. まいた　　　　　　　　　4. まげた

6. 公式の席では、その場に（　　）服装が要求される。
   1. みぐるしい　　　　　　　2. めざましい
   3. たくましい　　　　　　　4. ふさわしい

7. いくら努力しても成果があがらないので、（　　）
   なってきた。
   1. とうとく　　　　　　　　2. むなしく

3. ひさしく 4. たやすく

8. 海外で買ってきた物を空港で( )されることがある。
   1. 収集 2. 収容
   3. 徴収 4. 没収

9. たいこの音が聞こえてきて、祭りの( )がいちだんと盛り上がってきた。
   1. ブーム 2. ポーズ
   3. ムード 4. リード

10. この古い寺の庭は( )がある。
   1. おおすじ 2. おもむき
   3. おとも 4. おそれ

 # 長文4

　わたしももう48歳で「お若いですね」とお世辞を言われるような年頃になった。もちろん、そのようなお世辞はたいてい聞き流すが、ときには「若くないよ。昔なら人生50年、もうすぐ終わりだ」と言い返すこともある①。そのようなことを言われはじめるのは、人びとにわたしが老人と見られはじめたということに過ぎないからである。

　それは、自分が自分を見る場合にも言えることで、「自分は(②)」と思いはじめたら、それは(③)しるしなのである。実際、若い人は「自分はまだ若い」なん思ってい

ないし、むしろ「もう歳だ」というようなことを言いたがる。それが老いはじめると「自分は若い」と言い出すわけで、たいていの老人は自分は実際の年齢より若く見えるし、たとえ若く見えなくても本当は精神的にも肉体的にも若いと信じている。<u>自分④</u>は実際の年齢よりも老けていると思っている老人にお目にかかったことはまだない。

　たしかに老化の進み具合は人によって異なり、年齢の進み具合と必ずしも一致しないが、ほとんどの老人が実際の年齢より若いということは論理的におかしな話で、それなら、実際の年齢通りに老けている老人のほうが例外だということになってしまう。<u>そんな馬鹿なことはない⑤</u>。老人がそう思っているのが希望的観測に過ぎないことは明らかで、自分の状態よりさらに老けている状態を勝手に『年齢相応』と決め込み、それと自分を比較しているに過ぎない。

　つまり、老人になればなるほど自分は若いと思いたがるわけで、したがってこのことから当人の老化の程度を判定できるのではないかと私は考えている。かりに老化指数という言葉を使えば<u>、（老化指数）＝（暦年齢）－（当人が思っている年齢）という方程式が成り立つ⑥</u>。たとえば15歳の人が自分はもう一人前のおとなで、20歳で通ると思っていれば老化指数はマイナス5、20歳の人が自分は20歳程度と思っていれば老化指数は0、40歳の人が35歳程度と思っていれば5、60歳の人が50歳程度だと思っていれば10である。ここに自分は50歳と変わらないと思っている70歳の人と、自分は60歳ぐらいには見えると思っている同じく70歳がいるとすれば、老化指数は前者が<u>（⑦）</u>、後者が

（⑧）で、前者のほうが二倍もより老化しているわけである。「近頃の若者は」なんて言うと老いた証拠と笑われるかもしれないが、近頃の若者⑨には、はたちを過ぎたばかりなのにもう「おじん」また「おばん」になったと嘆き、10代に見られたがる者がいるが、22歳の者が自分は18歳に見えると思っているとすれば老化指数は20代にしてすでに4である。近ごろ、そういう若者が多いということは、一方では若者の幼児化が言われてはいるが、他方では早くから精神的に老け込んでいる証拠ではなかろうか。

（岸田秀『不惑の雑考』文藝春秋による）

 読解練習

　文章を読んで、それぞれの問いに対する答えとして最も適当なものを1、2、3、4から1つ選びなさい。

問1 「言い返すこともある①」とあるが、なぜだと考えられるか。
　1. お世辞を言われるような年頃になったから。
　2. 自分の人生はもうすぐ終わりだと考えたから。
　3. 老人と見られはじめたことを意識させられるから。
　4. お世辞を聞き流すのは相手に失礼だと思ったから。

問2 （②）と（③）に入る組み合わせとして、最も適当なものを選びなさい。
　1. ②もう歳だ　　③若い
　2. ②もう歳だ　　③老人になった

3. ②まだ若い　　③若い
4. ②まだ若い　　③老人になった

問3　「自分④」は、だれを指すか。
1. 老人　　　　　　　　2. 筆者
3. 若い人　　　　　　　4. お世辞を言う人

問4　「そんな馬鹿なこと⑤」とは、どのようなことか。
1. 老化の進み具合は人によって異なること。
2. 精神的にも肉体的にも自分は若いと信じていること。
3. 実際の年齢通りに老けている老人が例外になること。
4. 年をとると、「若いですね」とを世辞を言われること。

問5　筆者が「（老化指数）＝（暦年齢）－（当人が思っている年齢）という方程式が成り立つ⑥」と考えたのは、なぜか。
1. 人によって体力のおとろえ片が異なるから。
2. 老化が進むほど人は若いと思いたがるから。
3. ほとんどの老人が暦の年齢より若いから。
4. 年齢相応の老け片を決められないから。

問6　（⑦）と（⑧）に入る組み合わせとして、最も適当なものを選びなさい。

1. ⑦5　　　⑧10
2. ⑦10　　⑧5　　　5
3. ⑦10　　⑧20
4. ⑦20　　⑧10　　　10

問7　「老化指数」によると、次のうち最も老化していると
　　　言えるのはどれか。
　　　1. 自分が20歳だと思っている30歳。
　　　2. 自分が35歳だと思っている40歳。
　　　3. 自分が40歳だと思っている30歳。
　　　4. 自分が45歳だと思っている40歳。

問8　「近頃の若者⑨」について、筆者が最も指摘したか
　　　ったことは何か。
　　　1. 精神的に幼児化している。
　　　2. 精神的に老け込んでいる。
　　　3. 若く見えるようになった。
　　　4. 老けて見えるようになった。

語彙練習

一、発音を聞いて、対応する日本語の常用漢字を書いて
　　ください。
　　　1. ＿＿＿＿ ；　　2. ＿＿＿＿ ；　　3. ＿＿＿＿ ；　　4. ＿＿＿＿ ；
　　　5. ＿＿＿＿ ；　　6. ＿＿＿＿ ；　　7. ＿＿＿＿ ；　　8. ＿＿＿＿ ；
　　　9. ＿＿＿＿ ；　　10. ＿＿＿＿ 。

二、次の文の＿＿に入れる言葉として最も適切なものを
　一つ選びなさい。

1. 鳩山由紀夫首相は米軍普天間飛行場（沖縄県宜野湾
　市）の移設問題について、自らが公約した「5月末
　決着」の断念を表明した。それでも引責辞任せず、
　政権居座りを＿＿＿＿でいる。

2. 女性は、35歳を過ぎると急激に＿＿＿＿人を多く見て
　ます。

3.「忙しい人のための要約」人の話を＿＿＿＿ことは、
　決して悪いことではありません。

> 聞き流す　決め込む　老け込む

三、言葉の理解
1. 例 文
　～流す
1. 個人情報を会社外の関係者に流してはいけない。
2. 軽く書き流した文章がまさか新聞社に採用される
　なんて、思ってもいませんでした。
3. 先生の親切な指導は一言も受けられなくて、全部
　受け流してしまいました。

2. 会 話
　A：新聞雑誌などの広告で「聞き流すだけで英語が
　　口をついてでてくる」という教材があります
　　が、本当にそんなことは可能なんでしょうか。
　B：そうですね。「聞き流すだけで英語を吸収する
　　方法」は、言語学ではAcquisition「習得」と言

います。子供は皆この「習得」で言語を吸収し
　　ますから、原理的には可能です。

　A：じゃあ、日本語も聞き流すだけで話すことができ
　　ますよね。

　B：できます。つまり、現在の自分の日本語をIとす
　　ると、I＋1のものを聞いたり、読んだりする
　　ことです。あまり難しすぎると、意味が分かり
　　ませんから、習得は起きません。

　A：そうですか。これから、私も「聞き流す」練習
　　もしてみます。

3. 拡大練習

考えられる言葉を入れてみましょう。

＿＿＿＿＿＿＿＿＿＿＿＿＿＿＿＿＿＿＿

＿＿＿＿＿＿＿＿＿＿＿＿＿＿＿＿＿＿＋流す

＿＿＿＿＿＿＿＿＿＿＿＿＿＿＿＿＿＿＿

 完全マスター ≪

1. 最近の青少年はしっかりしているようだが、精神的
　に（　　）面がある。
　1. しぶい　　　　　　　　2. だるい
　3. ゆるい　　　　　　　　4. もろい

2. 首相の軽率な発言で、良好であった両国の関係が
　（　　）。
　1. きずきはじめた　　　2. きたえはじめた
　3. きしみはじめた　　　4. きざみはじめた

3. 堀さんは(　　)が広いから、それについての専門家
を紹介してもらうといい。
 1. くち　　　　　　　　　2. かお
 3. まゆ　　　　　　　　　4. みみ
4. 非常時には、(　　)行動が要求される。
 1. 切実な　　　　　　　　2. 敏感な
 3. 迅速な　　　　　　　　4. 頻繁な
5. 年をとったせいか、何をするのも(　　)。
 1. まぎらわしい　　　　　2. なやましい
 3. みすぼらしい　　　　　4. わずらわしい
6. 鈴木さんは(　　)がいいから、どんな洋服でもよく
似合う。
 1. スタイル　　　　　　　2. スマート
 3. ストップ　　　　　　　4. スタミナ
7. 人間関係でこんなに苦労するなら、(　　)この会社
をやめてしまおう。
 1. いっこうに　　　　　　2. いっしんに
 3. いったい　　　　　　　4. いっそ
8. 政府が、この問題にどう(　　)するか注目される。
 1. 対面　　　　　　　　　2. 対比
 3. 対処　　　　　　　　　4. 対等
9. 駅から(　　)3分の便利な所に住んでいる。
 1. 歩行　　　　　　　　　2. 徒歩
 3. 進歩　　　　　　　　　4. 散歩
10. 将来有望な人材を求める。年齢は30歳まで。(　　)
は問わない。

1. 人格　　　　　　2. 体格
3. 資格　　　　　　4. 性格

 **長文5**

　電話とは、ときどき、ひどくいまいましいものである。
　その憎たらしさは、ひとえにその便利さのせいである——
——したがって、私の家にも、電話がある。
　ちょっとした用件なら（いや、べつだん用件などなくて
も）手紙より電話のほうが手っとりばやい。遠距離でなけ
れば、はるかに安い。その上、切手の買い置きがあったは
ずだけれど、などとやたらにいろいろな引出しをかきまわ
さなくてもいいし、雨が降っていようがいまいがポストま
で出かけなくてもいい。
　が、何にもまして電話の便利な点は、相手の気分だの都
合などを無視して、ブザーひとつで強引に電話口へ呼びつ
け、有無を言わさず受け答えを強要することができるとこ
ろにある——それはもう、<u>便利を越えて痛快①</u>と言っていい。
　その痛快さをささえるために、電話をかけられたほうが
少々不幸になることもあるのは、<u>「便利さ」というものの
配分②</u>にかんする必然性の問題なのかもしれない。じっさ
い、風呂や便所へ、はいってしまったあとでかかってきた
電話なら堂々と無視できるけれど、はいる寸前、つまりほ
とんどはいる態勢になったところを不意打ちに来る電話

は、あなたをかなり不しあわせにしかねない。(中略)

　たまたま家族がみんな出かけてしまった日曜日など、なぜかひとりで留守番というかっこうのとき、電話の鳴るたびにのこのこ立って行くのがおっくうで——だいたい私あての電話は少ないのだ——断固無視してやろうとは思っても、リーンリーンと鳴りつづけるあの音に対して居留守をつかうにはよほどの<u>図太い神経がいる</u>③らしく、ためしに意地を張ってみると、けっきょく、いちいち席を立つよりも、無視2しとおすほうが<u>よほど心の疲れは大きいのであった④</u>。

　にもかかわらず、<u>(a)</u>になってみれば、居ながら蕎麦屋でもすし屋でも、ためしたことはないが警察にでも出前を注文することができるというのは、じっさい愉快、痛快、喝采にあたいする。いざというとき110番のかわりに「助けて！すぐ来てください、警察御中」と手紙を出す(もちろんその前にはがきや切手をさがす、それから速達料金はいくらだったか思い出す…)という手間を思えば、どう考えたって、電話を呪うことなど<u>とんでもない忘恩⑤</u>というものである。

　無論、<u>(b)</u>にしてみれば、郵便のほうが概して控えめで、好感がもてる。(中略)急用でもあれば、帰ってから開封することにして、テーブルの上にほうり出したまま出かけてしまってもいい。手紙はおくゆかしく、こちらが返事をするまでけたたましい音をたてつづけたりはしない。

　手紙がめんどうなのは、さよう、自分が<u>(c)</u>にまわったときのことである。電話不精ということばはまだないけ

れど、（個人的に私にはあるのだが）、筆不精という悩みは確実に存在する。と、ここでちょっと<u>不安⑥</u>になって、ひょっとすると不精ではなく無精だったかしら…と、思いまどうところが、すなわち手紙を書くのはくたびれるという理由のひとつに相違ない。

　本当なのだ。電話なら、不意をねらわれた相手がまごついているところへ、こちらはいい状態にあるから好調にまくしたてればいいし、主語と述語が噛み合っていようがいまいが、まちがって自分のほうに敬語をつけようが、どうせ小用をこらえて曇った状態にある相手は気がつくまい…と、たかをくくることもできる。

　とすると、もはや結論は出たようなもので、その短絡的結論によれば、（　⑦　）にかぎるのである。

　　　　　（佐藤信夫『レトリックの記号論』講談社による）

 読 解 練 習

　次の文章を読んで、次の問いに答えなさい。答えは1、2、3、4からもっとも適当なものを一つ選びなさい。

問1　「<u>便利を越えて痛快①</u>」という言い方で筆者は何を言いたいのか。

　　1. 便利だということは常に痛快だということでもある。

　　2. 便利さというものは痛快さを越えたところにある。

　　3. 便利であることもあれば、痛快であることもある。

　　4. 便利だという言葉では表現できない痛快さがある。

問2 「『便利さ』というものの配分②」とは感じること、ここではどのようなことか。
1. 一方が便利だと感じたときは、他方は不便だとこ。
2. 一方が便利だと感じいれば、他方もまた便利だと感じること。
3. 一方が便利だと感じない場合は、他方もまた便利だと感じないこと。
4. 一方が便利だと感じても、他方はどう感じるか分からないこと。

問3 「図太い神経がいる③」とはここではどのようなことか。
1. 電話の音がどんなに大きくても驚かないこと。
2. 鳴っている電話を無視して平気でいること。
3. 日曜日にひとりで留守番ができること。
4. 電話に出るのをおっくうがらないこと。

問4 「よほど心の疲れは大きいのであった④」とあるが、それはなぜか。
1. 電話が鳴ると出なくてはいけないと思ってしまうから。
2. 日曜日にはひとりで留守番をしなくてはいけないから。
3. 期待して出ても自分に来た電話ではないことが多いから。
4. 電話が鳴るたびにいちいち立っていくのがおっく

うだから。

問5 a～cに入る言葉の組み合わせとして適当なものはど
れか。

1. aかけるがわ　　b書くがわ　　c受け取る立場
2. aかけるがわ　　b受け取る立場　c書くがわ
3. a受け取る立場　bかけるがわ　　c書くがわ
4. a書くがわ　　　bかけるがわ　　c受け取る立場

問6 「とんでもない忘恩⑤」とはどういうことか。

1. 電話で蕎麦屋やすし屋に出前が頼めることをあり
がたいと思うこと。
2. 風呂や便所にはいっているときに来た電話を無視
すること。
3. こちらから電話をかけるときのありがたさを忘れ
ていること。
4. いつも世話になっている人に手紙を出して迷惑を
かけること

問7 「不安⑥」になってとあるが、何が不安なのか。

1. 電話不精という言葉は本当にまだないのかという
こと。
2. 自分は本当は筆不精ではないのかもしれないとい
うこと。
3. 「ぶしょう」は漢字で本当に「不精」と書くのか
ということ。

4. 確実にあるのは筆不精という悩みだと本当にいえるのかということ。

問8 （⑦）に入る言い方はどれか。
　　1. 発信は電話、受信は手紙。
　　2. 発信は手紙、受信は電話。
　　3. 発信も受信もともに電話。
　　4. 発信も受信もともに手紙。

語彙練習

一、発音を聞いて、対応する日本語の常用漢字を書いてください。

　　1. ＿＿＿＿；　　2. ＿＿＿＿；　　3. ＿＿＿＿；　　4. ＿＿＿＿；
　　5. ＿＿＿＿；　　6. ＿＿＿＿；　　7. ＿＿＿＿；　　8. ＿＿＿＿；
　　9. ＿＿＿＿；　　10. ＿＿＿＿　。

二、次の文の＿＿＿に入れる言葉として最も適切なものを一つ選びなさい。

　　1. 激しく喧嘩をしても、彼の笑顔を見ると＿＿＿＿は半減してしまう。
　　2. 他のどのスポーツと比べても、サッカーのゴールの瞬間の＿＿＿＿は格別だ。
　　3. 実用的なだけでなく、＿＿＿＿を追求した電化製品が多い。

痛快さ　憎らしさ　便利さ

三、言葉の理解

1. 例 文

　～さ

　1. 彼の好きなロックを使って、英語の<u>楽しさ</u>を教え
　　ていく。

　2. <u>嬉しさ</u>のあまり、彼女は涙が出てきました。

　3. 眠るために彼は<u>静けさ</u>を必要とした。

2. 会 話

　A：この間、友達と一緒に香港に遊びに行きました
　　が、一番感動的なのは香港の空港の**便利さ**って
　　いうこと。

　B：香港の空港はそんなにいいですかね。そう思わ
　　ないけど。

　A：いいよ、私の好きな化粧品がブランドが全部揃
　　っていますから。

　B：はっは、自分の都合のいいこと言っているね。

3. 拡大練習

　考えられる言葉を入れてみましょう。

　　＿＿＿＿＿＿＿＿＿＿＿＿

　　＿＿＿＿＿＿＿＿＿＿＿＿＋さ

　　＿＿＿＿＿＿＿＿＿＿＿＿

1. 日本ほど国民の所得の(　　　)が少ない国は多くない。
    1. 格差　　　　　　　　　2. 差別
    3. 誤差　　　　　　　　　4. 錯誤
2. 目に見えない殺菌を、顕微鏡で(　　　)して見る。
    1. 拡張　　　　　　　　　2. 膨張
    3. 拡大　　　　　　　　　4. 膨大
3. 高校時代の友達が集まって、株式会社を(　　　)した。
    1. 樹立　　　　　　　　　2. 確立
    3. 私立　　　　　　　　　4. 設立
4. 死刑制度の(　　　)を呼びかける。
    1. 閉鎖　　　　　　　　　2. 廃棄
    3. 廃止　　　　　　　　　4. 停止
5. 初めての料理なので、味は(　　　)できません。
    1. 保障　　　　　　　　　2. 補助
    3. 保証　　　　　　　　　4. 補償
6. 「日本人はあいまいだ」という(　　　)をもたずに、接してほしい。
    1. 意見　　　　　　　　　2. 意義
    3. 異議　　　　　　　　　4. 偏見
7. 消化(　　　)がガンに冒された。
    1. 機関　　　　　　　　　2. 器官
    3. 器具　　　　　　　　　4. 部品

8. 農作物の収穫は、（　　）条件に大きく左右される。
　　1. 気象　　　　　　　　2. 天候
　　3. 気候　　　　　　　　4. 天気

9. 酒の席とはいえ、みんなの前で「結婚する」と（　　）してしまった。
　　1. 表現　　　　　　　　2. 宣言
　　3. 伝言　　　　　　　　4. 説得

10. 犯人は現行犯で（　　）された。
　　1. 獲得　　　　　　　　2. 収穫
　　3. 捕獲　　　　　　　　4. 逮捕

長文６

　重苦しいほどむし暑い晩だった。

　空には星ひとつなく、海は不気味に静まりかえっている。

　私はいつものように、後甲板の方へ歩いていった。後甲板には先客が一人いた。デッキの手すりにもたれ、その男はしきりに暗い海をのぞきこんでいる。

　「今晩は」

　と私は声をかけた。

　ふりかえった男の顔は骸骨のように痩せ細っていた。眼が落ちくぼみ、顔色がひどく蒼白い。

　「今晩は…」

男は低くしゃがれた声でそう云うと、薄い唇をゆがめて笑った。

　私は男の隣りに歩み寄って、同じように暗い海をみつめた。海はいつでも私をもの哀しい気分にさせる。海の中にいる誰かが呼んでいるような…

　「いやな晩ですね」

　と私は云った。

　「そうですか…①」

　男は骨ばった長い指で髪の毛をかきあげた。

　「ぼくはこんな晩の方が好きなんですよ。なんとなく不気味で面白いじゃありませんか」

　私は変った男だなと思った。私が黙っていると、彼が問いかけてきた。

　「この船に幽霊が出るという噂②があるんですが、知っていますか?」

　「幽霊?」

　と私は聞き返した。

　「ええ。やはりぼくたちみたいな客の一人が、自殺したことがあるんだそうです。こんなふうに重苦しくて、風のない晩だったと云いますよ。その男はしばらく海を眺めていて、ふいに飛びこんだんです。ちょうどここから、今、ぼくらがこうしているところからね…」

　男は私の顔をのぞきこむようにして、にやりと笑った。

　「あだった屍体は、右の腕がなかったそうです。スクリュウに切りとられたのかもしれませんね。」

　二人は暗い海にほの白く泡だっているスクリュウのあと

をしばらくみつめた。

「それで、その幽霊が出るんですね。」

私の声は少しふるえているような気がした。

「ええ、自分の失った右腕をさがしているのだという噂です。こういうふうにむしむしして、海が妙に静まりかえった晩、<u>男が一人でその海を眺めている</u>③。そして、しばらくするとふっと消えてしまうのです。」

男は自分自身をかき消すようなしぐさをした。

「なぜ、その男が自殺したのか知っていますか？」

と私は聞いた。

「（④）、なんの原因もないのです。金に困っているわけでもなく、失恋したわけでもなかった…」

眉をひそめ、男は遠い所を見る眼つきで海をみつめた。

「多分…」

と云って男は口ごもった。

「多分、この海を見ているうちに、なにもかもいやになったのでしょうね。そして、ひきずりこまれるように、飛びこんだのでしょう。ぼくには、その気持がわかるな。こうしていると、なにもかも忘れて、この海の底で眠りたくなる。あなたは、そう思いませんか？」

私も、海をみつめた。海は暗く、静かに私を呼びかけているように思えた。

「わけでもなかった…」

眉をひそめ、男は遠い所を見る眼つきで海をみつめた。

「多分…」

と云って男は口ごもった。

「多分、この海を見ているうちに、なにもかもいやになったのでしょうね。そして、ひきずりこまれるように、飛びこんだのでしょう。ぼくには、その気持がわかるな。こうしていると、なにもかも忘れて、この海の底で眠りたくなる。あなたは、そう思いませんか？」

　私も、海をみつめた。海は暗く、静かに私を呼びかけているように思えた。

読解練習

　文章を読んで、それぞれの問いに対する答えとして最も適当なものを1、2、3、4から1つ選びなさい。

　◎ここまで読んで、次の問1から問4に答えなさい。

問1　「そうですか…①」の意味に最も近いものは、どれか。

　1. 私もそう思います。

　2. 私はそう思いません。

　3. 私は夜が嫌いです。

　4. 私も夜が嫌いじゃありません。

問2　「この船に幽霊が出るという噂②」とあるが、この噂によると幽霊はどんな時に出るか。

　1. むし暑く海の静かな晩。

　2. もの哀しい気分にさせる晩。

　3. 海がほの白く泡だっている晩。

　4. 自殺したいと思っている客がいる晩。

問3 「男が一人でその海を眺めている③」とあるが、それは何のためか。
　1. 自殺するため。
　2. 自分の右腕をさがすため。
　3. 幽霊が出るのを待つため。
　4. 海の中にいる誰かを呼ぶため。

問4 （④）に入る適当なことばを選びなさい。
　　1. それを　　2. それで　　3. それに　　4それが

◎前の文章の後には、次の文章が続きます。最後まで読んで、下の問5、問6に答えなさい。
　「そうなのです。」
　ため息を吐きながら、私は云った。
　「それで、あの晩私は飛びこんだ⑤です。」
　私の右腕がないのに男が気づいたのは、その時だった。
　　（生島治郎「暗い海暗い声」『奇妙な味の小説』立風書房による）

問5 「あの晩私は飛びこんだ⑤」のは、なぜか。
　　1. 借金と失恋で生きる希望をなくしたから。
　　2. 自分の失った右腕をさがそうと思ったから。
　　3. すべてを忘れて海の底で眠りたくなったから。
　　4. 海の中の幽霊に呼ばれたような気がしたから。

問6 次の「幽霊」について述べたもののうち、正しいも

のを選びなさい。

1.「私」が幽霊だった。

2. 甲板にいた男が幽霊だった。

3. 甲板にいた男と「私」が幽霊だった。

4. 幽霊は出てこなかった。

語彙練習

一、発音を聞いて、対応する日本語の常用漢字を書いてください。

1. _____ ;　　2. _____ ;　　3. _____ ;　　4. _____ ;

5. _____ ;　　6. _____ ;　　7. _____ ;　　8. _____ ;

9. _____ ;　 10. _____ 。

二、次の文の___に入れる言葉として最も適切なものを一つ選びなさい。

1. 長いこと病院にいた彼が_____表情であったが、久しぶりに私たちの前に顔を見せた。

2. プロ野球オリックスの球団職員で選手寮の保谷俊夫寮長が3日に急死し、チーム内には_____雰囲気が漂った。

3. そんな中、この_____時期に一人鍋の豚しゃぶをやってみました。

重苦しい　蒸し暑い　蒼白い

三、言葉の理解

1. 例 文

蒼+～

1. 星の少ない都会の夜空に輝く月が眩しくて<u>蒼白い</u>光があたしの胸を貫いていく。
2. 樹の葉は青々と乱れ、室内の物影には、<u>蒼黒い</u>陰影がよどむ。
3. <u>蒼赤い</u>銀河で妖精になっていて、戦いの戦場に飛び込む。

2. 会 話

A：蒼白い顔をしていて、どうしたの？

B：昨日の夜から、ずっと下痢したり、嘔吐したりして大変だった。

A：何か悪い食べ物を食べたのかな。

B：昨日の夕飯は、友達と一緒にしゃぶしゃぶを食べたけど。症状が出たのは私だけな感じ。

A：病院に行きましたか。

B：これから行くつもりです。では。

3. 拡大練習

考えられる言葉を入れてみましょう。

蒼+＿＿＿＿＿＿＿＿＿＿

＿＿＿＿＿＿＿＿＿＿

＿＿＿＿＿＿＿＿＿＿

1. 台風でストップしていた電車がけさ(　　)した。
   1. 回復　　　　　　　　　2. 復旧
   3. 復興　　　　　　　　　4. 復活

2. 天候と売り上げには(　　)な関係がある。
   1. 密集　　　　　　　　　2. 集中
   3. 密接　　　　　　　　　4. 過密

3. 試験の会場へ向かう途中で事故に遭い、入院した友人に(　　)する。
   1. 合意　　　　　　　　　2. 同意
   3. 同感　　　　　　　　　4. 同情

4. エネルギーの(　　)は避けなければならない。
   1. 経費　　　　　　　　　2. 浪費
   3. 消化　　　　　　　　　4. 費用

5. 友人に日本留学の(　　)をたずねた。
   1. 機械　　　　　　　　　2. 契機
   3. 動機　　　　　　　　　4. 原始

6. プライベートなことまで(　　)しないでください。
   1. 交渉　　　　　　　　　2. 干渉
   3. 会見　　　　　　　　　4. 会談

7. 5万人を(　　)できるスタジアムが完成した。
   1. 納入　　　　　　　　　2. 収入
   3. 収容　　　　　　　　　4. 許容

8. (　　)の結果、優勝は韓国のカンさんに決定致しました。

1. 調査 2. 検査
3. 捜査 4. 審査

9. 都市では、いたるところに( ) カメラがついている。

1. 観察 2. 視察
3. 監視 4. 監督

10. わたし、機械に弱くて、コピーの( ) も一人じゃできないんです。

1. 操縦 2. 操作
3. 運転 4. 作動

 長文7

　教育の現場に携わるものとして以前から気になることがあった①。学生たちと何を議論していても、たいていだれかが「私はこう思うけれど、人それぞれ、いろいろな考えがあると思うし、それでいい」という趣旨の意見を述べ、そのとたん、議論が成り立たなくなることである。

　「人それぞれ」で「何でもあり」となれば、社会問題の大半が個人の好み、選択の問題に矮小化されてしまう。ゼミでは「人それぞれ」を禁句②にするなどの対策をとってはみたものの、私は学生の間に蔓延する個人志向的考え方にきちんと対峙できずにいた。そのようなとき、ある授業で学生たちが書いたリポートを読んで、頭を殴られたよう

なショックを受けた。

　このところ過失とはとうてい思えないような悲惨な交通事故のニュースが相次いでいる。そこで交通事故や被害者の人権について、これから免許を取得する若い人に考えてもらいたくて、二木雄策氏の『交通死』という本の読書リポートを課した。大学生だった二木氏のお嬢さんは、自転車で交差点を横断中、赤信号を無視して突入してきた自動車にはねられて亡くなった。加害者の女性は執行猶予付きの判決で刑務所に入ることもなく、また、損害賠償の交渉も支払いも保険会社が代行した。

　加害者の信号無視で被害者は命を奪われたのに、加害者は（少なくとも形の上では）以前と変わらぬ生活を送ることができるのだ。加害者に手厚い現行の諸制度は、<u>人の命よりも車（イコール企業）を重んじる社会だ③</u>との著者の主張には説得力があると私は思っていた。

　ところが少なからぬ学生の反応は予想をしないものだった。「加害者がかわいそう」だと言うのである。被害者の立場からの主張のみが述べられているのは「客観性に欠ける」という。<u>私は頭を抱えてしまった④</u>。二木氏の文章は、娘を失った父親の沈痛な思いがせつせつと伝わっていくるものの、決して激情に駆られて書かれたものではない。むしろよくここまで冷静に書けるものだと感心するくらいなのだ。

　もちろん加害者には加害者の人生がある。しかし学生たちは、その人生に豊かな社会的創造力を働かせるわけでもなく、単に、被害者側の見解だけでは一方的だと主張す

る。杓子定規に客観的・中立的立場を求めなければいけないと思い込んでいるようなのだ。まるで立場の異なる二者の間で意見の対立が見られた場合には、足して二でわればちょうどよいでも言わんばかりに。

　なぜ学生たちは、加害者と被害者の対立図式にこだわり、著者が訴える問題の社会的広がりにきづかないのか。もどかしい思いでリポートを読むうちに合点がいった。例の「人それぞれ」である。

　あらゆる意見が私的なものであれば、娘の交通事故死を経験して「くるま社会」の異常さを訴える父親の主張も一つの個人的立場に過ぎず、その意味では加害者の立場と等価なのだ。主張の対立のなかから、あるべき社会の姿を摸索する努力を放棄したとき、社会正義は足して二で割るというような手続き上の公平さに求めざるを得ない。

（小笠原佑子「『何でもあり個人主義』の退廃」2007年
　7月11日付朝日新聞朝刊による）

 読解練習

　文章を読んで、それぞれの問いに対する答えとして最も適当なものを1、2、3、4から一つ選びなさい。
問1　筆者は学生について「以前から気になることがあった①」としているが、それはどのようなことか。
　　1. 自分とは考えの違う人の意見を無視して議論を進めようとすること。
　　2. 正しい結論にまとめるために、たくさんの人の意

見を聞きすぎること。

　3. いろいろな意見を出し合うが、お互いが理解して
　　いるか気にしないこと。

　4. それぞれが自分の意見を言うが、一つの結論を導
　　く姿勢を持たないこと。

問2　筆者はなぜゼミで「『人それぞれ』を禁句②」にした
　　のか。

　1. 一人ひとりの考え方や好みが違うということを学
　　生たちに認識させるため。

　2. それぞれが自分の選んだ社会問題を議論したいと
　　思っても一度にせきないため。

　3. 個人的な問題は社会問題と比べたら小さいもの
　　で、議論するものではないため。

　4. 個人の考え方の違いで済ませるのではなく、社会
　　全体のことを考えて議論するため。

問3　二木氏のお嬢さんをはねた車を運転していた人の事
　　故後の状況について、正しいものはどれか。

　1. 刑務所には入らず、賠償金は保険会社を通して支
　　払われた。

　2. 事故後すぐ相手にお金を払ったので、刑務所には
　　入らなかった。

　3. 事故後すぐは、前と同じ生活ができたが、後で刑
　　務所に入った。

　4. 刑務所には入ったが、賠償金を支払ったので、す

ぐに出られた。

問4 二木氏が「人の命よりも車(イコール企業)を重んじる社会だ③」と主張する根拠は何か。
1. 交通事故で被害者が亡くなっても、加害者がそれに合った罰を受けないこと。
2. 社会の人々が、交通事故の被害者より加害者に同情するという傾向があること。
3. 今の制度は、加害者の生活より加害者の会社のことを考えた制度だということ。
4. 保険会社は、人が亡くなっても、車の損害分しかお金を支払ってくれないこと。

問5 筆者が「頭を抱えてしまった④」のは、なぜか。
1. 学生たちが被害者よりも、悪質な交通事故を起こした加害者のほうが正しいとして同情しているから。
2. 学生たちが、被害者の主張を十分に理解せずに、ただ客観的であることが大切だと考えているから。
3. 娘を亡くした二木氏に同情し、客観的判断をしていなかったことに、学生たちが気づかせてくれたから。
4. 被害者の立場だけを考えるのは社会正義から考えて正しくないということを、学生たちが、気づかせてくれたから。

問6 筆者の解釈では、学生たちはどのような意見を持っ

ているか。

1. 学生たちは、加害者の立場よりも被害者の立場を
もっと重んじるべきだと考えている。

2. 学生たちは、意見を述べるときには、私的に述べ
るのではなく、社会正義を考えるべきだと考えて
いる。

3. 学生たちは、被害者も加害者も一人の人間であり、
それぞれの立場から平等に主張してよいと考えて
いる。

4. 学生たちは、被害者、加害者の意見を聞いた上
で、社会のあるべき姿から考えて、加害者に罪を
償わせるべきだと考えている。

問7　この文章の後に続く筆者の主張として、最も適当な
ものはどれか。

1. 社会正義を重んじるあまり、戦後広がった個人主
義を批判し、個人の権利を否定するのはやめるべ
きである。

2. 人はそれぞれ違うということを認識し、それぞれ
の人の立場、考えを尊重して、無理に議論で結論
を出すべきではない。

3. 個人の権利が尊重され、価値観が多様化した社会
の中で、自分の意見を他人に理解してもらう努力
をもっとするべきである。

4. 個人の権利の尊重が強調されがちであるが、異な
る立場の人々の意見に耳を傾けながら、もっと議

論を高める努力をするべきである。

語彙練習

一、発音を聞いて、対応する日本語の常用漢字を書いて
ください。

1. _____ ;　　2. _____ ;　　3. _____ ;　　4. _____ ;

5. _____ ;　　6. _____ ;　　7. _____ ;　　8. _____ ;

9. _____ ;　　10. _____ 。

二、次の文の＿＿に入れる言葉として最も適切なものを
一つ選びなさい。

1. みんな、自分で考えてるし、行動しているよ。人は
いろいろって、_____さぼるための理屈に過ぎない
じゃないか。

2. 最近、_____と眼まで濡らしてくれる作品は少ない。

3. _____フィクションのような風景に触発されて、手
持ちの写真のなかからフィクションぽいものを公開
してみました。

> せつせつ　単に　まるで

三、言葉の理解

1. 例文

(同漢字)副詞

1.「戦は65年たっても悲しみしか残らない」と<u>切々</u>
と訴えた。

2. 冷気が<u>深深</u>と身にこたえる 。

3. ［ ゲーム脳 ］DS版ディスガイアが本当にヤバイ理由を<u>懇々</u>と説明する 。

2. 会 話

A：昨日 、テレビで窮状を**せつせつ**と訴える難民たちをみて 、可哀想だなと思いました 。

B：そうですね 。

A：こういった難民たちを日本に残せばいいではないか 。

B：難民法に合った方なら 、できるんですが 、テレビに出た人は法律に合わないみたいで 、受け入れができないそうです 。

A：今の世の中は 、日本がいつか難民になってもおかしくないと思いますが 。

B：そんな悲観的に考えないでよ 。

3. 拡大練習

考えられる言葉を入れてみましょう 。

＿＿＿＿＿＿ ＿＿＿＿＿＿

＿＿＿＿＿＿ ＿＿＿＿＿＿(同漢字)副詞

＿＿＿＿＿＿ ＿＿＿＿＿＿

完全マスター

1. 彼女は今、次の作品の（　　）を練っているところだ。
　　1. 創造　　　　　　　　　2. 想像
　　3. 創作　　　　　　　　　4. 構想

2. 今や全世界の映像が、衛星（　　）で見られるように
　　なった。
　　1. 後継　　　　　　　　　2. 中継
　　3. 継続　　　　　　　　　4. 存続

3. 今まで冗談ばかり言っていた彼が、ついに（　　）に
　　なった。
　　1. 根気　　　　　　　　　2. 本気
　　3. 根本　　　　　　　　　4. 根性

4. 筆記試験に合格したら、つぎは（　　）が待ってい
　　る。
　　1. 接触　　　　　　　　　2. 接近
　　3. 面接　　　　　　　　　4. 直接

5. 自分の意見を主張するだけでなく、自ら（　　）する
　　ことが大事だ。
　　1. 実態　　　　　　　　　2. 実際
　　3. 実質　　　　　　　　　4. 実践

6. 用紙の解答欄に鉛筆で（　　）すること。
　　1. 登録　　　　　　　　　2. 記録
　　3. 記入　　　　　　　　　4. 目録

7.「漢字の勉強をするように」とあれだけ（　　）した
　　のに。

1. 忠告 　　　　　　　2. 中傷

3. 申告 　　　　　　　4. 非難

8. 国会議員は(　　)によって選ばれる。

1. 選考 　　　　　　　2. 選択

3. 抽選 　　　　　　　4. 選挙

9. 写真を(　　)して人をだます。

1. 合併 　　　　　　　2. 合成

3. 合同 　　　　　　　4. 提携

10. このマンションは姉と私の二人で(　　)している。

1. 両立 　　　　　　　2. 共同

3. 共有 　　　　　　　4. 共存

 # 長文8

　市場経済において、貨幣の果たしている役割りは非常に大きい。貨幣が存在しない経済では、モノとモノが直接交換される（物々交換）。しかし、物々交換の経済では、自分が生産し所有しているモノと、他人が生産して所有しているモノとが、共に交換したいと思わなければ交換は成立しない。(①a)、一方の人が他の人のモノを欲したとしても、他の人がその人のモノと交換したいと思わなければ片思いになってしまって、交換が成立しないのである。物々交換では、交換両当事者の欲求の一致（二重の要求の一致）が存在しなければならない。ということは、物々交換

の経済では、交換は限られてしまい、交換、あるいは取り引きを中心とする「②」。

　このような、物々交換の中から、最後は貨幣というモノを見つけ出した。つまり、物々交換の範囲と頻度が増えるに従って、だれもが交換したいという商品③が出てきて、少々商品との交換が頻繁に行われるようになると、交換当事者はその商品等自分の生産物をいったん交換すれば、次からは、他の多くの商品を手に入れることができる④ようになるからである。だれもが交換したい商品、それはある意味ではなんでも良いのであるが、歴史的には希少性のある貴金属、(①b)、金や銀という商品であった。人類は、特に農業における生産力を増加させ、自給自足経済から脱すると、物々交換を行うようになり、そして貨幣による交換経済を作り出してきた。貨幣は交換の仲立ち(媒介)、つまり、それ自身が商品であるとともに、(⑤c)としての役割りを果たすようになり、さらには純粋な(⑤d)に転化するに至ったのである。生産物はいったＮ貨幣に交換(販売)されると、次からは、その貨幣であらゆる商品、生産物が交換(購入)できるのであるから、欲求の二重の一致⑥を必要とする物々交換において交換に投じられたコスト削減をすることができるようになり、交換、つまり(⑤e)が急速に増加するようになった。

文章を読んで、それぞれの問いに対する答えとして最も適当なものを1、2、3、4から一つ選びなさい。

問1　（①a）と（①b）には同じ言葉が入る。次のうちどれか。

　　　1. そして　　　2. だが　　　3. つまり　　　4. さらに

問2　「②」にはどんな言葉が入るか。

　　　1. 商品経済の発展は限定されてしまうのである。

　　　2. 商品券での過程は不透明になってしまうのである。

　　　3. 自給自足経済の流通は停滞してしまうのである。

　　　4. 自給自足経済のコストは減少してしまうのである。

問3　「だれもが交換したいという商品③」は、現在何になったと考えられるか。

　　　1. アクセサリー　　　　　　2. 貨幣

　　　3. 農産物　　　　　　　　　4. 工業生産物

問4　「交換当事者はその商品の自分の生産物をいったん交換すれば、次からは、他の多くの商品を手に入れることができるようになる④」とは、例えばどんなことか。

　　　1. 自分の作った野菜を貨幣と交換すれば、あとはだれかが欲しいものと交換できる。

　　　2. 自分の作った野菜を銀と交換すれば、銀と他のい

ろいろなものと交換できる。

3. 自分がもらった品物を集めて他の人に売れば、美しい貴金属が手に入る。

4. 自分がもらった品物を用いて生産力を増加させれば、なんでも得ることができる。

問5 「⑤c、d、e）に入る言葉の組み合わせを選びなさい。

1. 交換経済　　市場取引　　　市場取引

2. 生産物　　　金　　　　　　貨幣

3. 市場　　　　金　　　　　　市場取引

4. 交換手段　　交換手段　　　市場取引

問6 「欲求の二重の一致⑥」とはだれとだれの欲求のことか。

1. モノの生産者と消費者。

2. モノを交換したいと思っている人たち同士。

3. 希少性のあるモノを持っている人と交換したい人。

4. 農産物を交換したい人と、銀を交換したい人。

◇語◇彙◇練◇習◇

一、発音を聞いて、対応する日本語の常用漢字を書いてください。

1. _____；　　2. _____；　　3. _____；　　4. _____；

5. _____；　　6. _____；　　7. _____；　　8. _____；

9. _____；　　10. _____ 。

二、次の文の＿＿＿に入れる言葉として最も適切なものを
一つ選びなさい。

1. もし今日が自分の人生最後の日だ＿＿＿、今日やる
予定のことを私は本当にやりたいだろうか。

2. HTML5をXHTML＿＿＿利用できるように制作する
にはどうすればいいかを簡単にまとめたものです。

3. インタービューの中でアフィリエイトのリンクは検
索順位を上げるのにプラスに働くリンク＿＿＿評価
しないとコメントした。

> としても　としては　としたら

三、言葉の理解

1. 例 文

…としては

1. 委員会としては、早急に委員会長を選出する必要
がある。

2. 大学院を出てすぐ大学に就職できる人は、研究者
としては幸運な部類に入る。

3. 父は日本人としては身長の高いほうです。

2. 会 話

A：今年、うちのクラスの日本語の先生を変えまし
たけど、何か、日本の有名な大学を卒業した博
士みたいですが。

B：すごいじゃないですか。授業は面白いですか。

A：いいえ、学者としては一流かもしれませんが、
日本語の先生としては二流かな。

B：そんな…じゃあ、うちの担任はまだいいほうな
　　わけか。

3. 拡大練習

考えられる言葉を入れてみましょう。

_____

_____＋としては

_____

 完全マスター ≪≪

1. いくら努力してもよい結果が得られず、（　　　）なっ
　てきた。
　　1. あくどく　　　　　　　　2. むなしく
　　3. くすぐったく　　　　　　4. あっけなく

2. まる一日、誰とも口を利かずに過ごす（　　　）老人が
　増えている。
　　1. 独自な　　　　　　　　　2. 自在な
　　3. 孤独な　　　　　　　　　4. 特有な

3. 日本での一人暮らし。最初はとても、（　　　）思いを
　した。
　　1. こころぼそい　　　　　　2. こころづよい
　　3. こころよい　　　　　　　4. のぞましい

4. 会社ではやはり、上司に（　　　）部下が求められる。
　　1. 円満な　　　　　　　　　2. 忠実な
　　3. 勤勉な　　　　　　　　　4. 生真面目な

5. 社会に出て3カ月、厳しい現実の前で夢は（　　　）消え

て行った。
1. そっけなく　　　　　　　2. あさましく
3. すばしこく　　　　　　　4. はかなく

6. 一時はどうなることかと心配したが、やっと(　　)
解決した。
1. 温和に　　　　　　　　2. 円満に
3. 健全に　　　　　　　　4. 柔軟に

7. あまり無理をせず、自分に(　　)勉強方法を見つけ
ることが大事だ。
1. せつない　　　　　　　2. たやすい
3. まちどおしい　　　　　4. ふさわしい

8. 彼女の機嫌が悪いときには、そっとしておくのがい
ちばん(　　)。
1. あさましい　　　　　　2. まちどおしい
3. なやましい　　　　　　4. のぞましい

9. 今度の旅行の(　　)予定を説明します。
1. おおげさな　　　　　　2. おおまかな
3. あやふやな　　　　　　4. なめらかな

10. どんなときもあわてずに、(　　)判断ができるよう
になりたいものだ。
1. 冷淡な　　　　　　　　2. 冷静な
3. 冷酷な　　　　　　　　4. 残酷な

解 答

第一章　短　文

短文①

読解練習

問1　4　　　　問2　2

語彙練習

一、1. 以前(いぜん)　　　　　2. 地元(じもと)
　　3. 返却(へんきゃく)　　　4. 郵便物(ゆうびんぶつ)
　　5. グレー　　　　　　　　6. 職員(しょくいん)
　　7. 光(ひかり)　　　　　　8. 刺激(しげき)
　　9. 記憶(きおく)　　　　　10. 連想(れんそう)

二、1. シンボル　　　2. グレー　　　3. ポスト

完全マスター

1. 4　　　2. 3　　　3. 2　　　4. 4　　　5. 1

6. 2　　　7. 3　　　8. 4　　　9. 2　　　10. 4

読解練習

問1　2　　　　問2　4

語彙練習

一、1. 文化(ぶんか)　　　　2. 定義(ていぎ)

3. 存在(そんざい)　　　4. 獲得(かくとく)

5. 組織(そしき)　　　　6. 特定(とくてい)

7. 異なる(ことなる)　　8. 所属(しょぞく)

9. 融合(ゆうごう)　　　10. 変容(へんよう)

二、1. 交じり合い　　　2. 振る舞い

完全マスター

1. 3　　　2. 4　　　3. 2　　　4. 3　　　5. 1

6. 3　　　7. 3　　　8. 2　　　9. 4　　　10. 2

読解練習

問1　4　　　　問2　4

語彙練習

一、1. 固有(こゆう)　　　　2. 思考(しこう)

3. 行動(こうどう)　　　4. 奇習(きしゅう)

5. バイアス   6. 確認(かくにん)

7. 民族(みんぞく)   8. 辺境(へんきょう)

9. 十分(じゅうぶん)   10. 朝起き(あさおき)

二、1. 風習   2. 慣習   3. 奇習

完全マスター

1. 2   2. 4   3. 2   4. 1   5. 4

6. 4   7. 3   8. 3   9. 4   10. 3

 短 文 4

読解練習

問1   3   問2   3

語彙練習

一、1. 理由(りゆう)   2. 喜び(よろこび)

3. 旅先(たびさき)   4. 解放感(かいほうかん)

5. 失敗(しっぱい)   6. 起因(きいん)

7. 匿名(とくめい)   8. 懸念(けねん)

9. 批判(ひはん)

10. 没個性現象(ぼつこせいげんしょう)

二、1. 匿名   2. 懸念   3. 破廉恥

完全マスター

1. 4   2. 1   3. 2   4. 4   5. 3

6. 3   7. 1   8. 3   9. 3   10. 4

短文 ⑤

読解練習

　問1　1　　　　問2　4

語彙練習

　一、1. 言語(げんご)　　　2. 豊か(ゆたか)
　　　3. 村落(そんらく)　　4. 純粋(じゅんすい)
　　　5. 保存(ほぞん)　　　6. 異なる(ことなる)
　　　7. 背景(はいけい)　　8. 目的(もくてき)
　　　9. 用いる(もちいる)　10. 場面(ばめん)
　二、1. 純粋　　2. 単純　　3. 純

完全マスター

　1. 1　　　2. 3　　　3. 4　　　4. 1　　　5. 4
　6. 3　　　7. 1　　　8. 4　　　9. 3　　　10. 2

短文 ⑥

読解練習

　問1　4　　　　問2　2

語彙練習

　一、1. 自然(しぜん)　　　2. 芸術(げいじゅつ)
　　　3. 単純(たんじゅん)　4. 美術(びじゅつ)
　　　5. 絵画(かいが)　　　6. 対立(たいりつ)

7. 解釈(かいしゃく)　　　8. 忠実(ちゅうじつ)
9. 芸術(げいじゅつ)　　　10. 切り離す(きりはなす)
二、1. 再発　　　2. 再生　　　3. 再現

完全マスター

1. 1　　　2. 4　　　3. 1　　　4. 2　　　5. 3
6. 1　　　7. 1　　　8. 2　　　9. 2　　　10. 2

読解練習

問1　2　　　　問2　3

語彙練習

一、1. 心構え(こころがまえ)　2. 初対面(しょたいめん)
3. 印象(いんしょう)　　4. 決定的(けっていてき)
5. 出会い(であい)　　6. 固定(こてい)
7. 観念(かんねん)　　8. 様式(ようしき)
9. 先入観(せんにゅうかん)
10. 色眼鏡(いろめがね)
二、1. 気を使う　　　2. 気にかける　　　3. 気を配る

完全マスター

1. 2　　　2. 3　　　3. 3　　　4. 1　　　5. 3
6. 4　　　7. 2　　　8. 3　　　9. 3　　　10. 3

読解練習

問1　2　　　　問2　3

語彙練習

一、1. 学力(がくりょく)　　　2. 身近(みじか)

　　3. 翻訳(ほんやく)　　　　4. 両者(りょうしゃ)

　　5. 一口(ひとくち)　　　　6. 低下(ていか)

　　7. 誤解(ごかい)　　　　　8. 単なる(たんなる)

　　9. 指摘(してき)　　　　　10. マニュアル

二、1. 質素　　　2. 簡素　　　3. 素朴　　　4. 地味

完全マスター

　1. 3　　　2. 4　　　3. 2　　　4. 1　　　5. 2

　6. 1　　　7. 3　　　8. 2　　　9. 3　　　10. 1

第二章　中 文

読解練習

問1　1　　　　問2　4　　　　問3　2

語彙練習

一、1. 諸民族(しょみんぞく)　　　2. 握手(あくしゅ)

　　3. 相互(そうご)　　　　　　　4. 部族(ぶぞく)

5. タブー　　　　　6. 他人行儀(たにんぎょうぎ)

7. 過去(かこ)　　　　8. 如実(にょじつ)

9. 欧米流(おうべいしゅう)　　10. 手渡す(てわたす)

二、1. むしろ　　　2. かえって　　　3. しかも

完全マスター

1. 3　　　2. 3　　　3. 2　　　4. 4　　　5. 2

6. 4　　　7. 2　　　8. 3　　　9. 4　　　10. 4

読解練習

問1　1　　　　問2　2　　　　問3　3

語彙練習

一、1. 維持(いじ)　　　　　2. 反面(はんめん)

3. 時代(じだい)　　　　4. 世代(せだい)

5. 活力(かつりょく)　　　6. ズレ

7. 試み(こころみ)　　　8. 仕切れ(しきれ)

9. 筑摩(ちくま)　　　　10. 書房(しょぼう)

二、1. 活用性　　2. 活性化　　3. 成人化　　4. 科学化

完全マスター

1. 2　　　2. 3　　　3. 2　　　4. 1　　　5. 4

6. 3　　　7. 4　　　8. 4　　　9. 3　　　10. 2

中文 3

読解練習

問1 4   問2 4   問3 1

語彙練習

一、1. 技術(ぎじゅつ)　　　　2. 客観(きゃっかん)

　　3. 活用(かつよう)　　　　4. 決断(けつだん)

　　5. 駆け込む(かけこむ)　　6. 敏捷(びんしょう)

　　7. 要領(ようりょう)　　　8. 錆(さび)

　　9. 延長(えんちょう)　　　10. 雑草(ざっそう)

二、1. 自治力　　2. 時感力　　3. 時間力　　4. 自知力

完全マスター

1. 1　　2. 4　　3. 2　　4. 3　　5. 4

6. 2　　7. 4　　8. 3　　9. 4　　10. 1

中文 4

読解練習

問1 1   問2 2   問3 2

語彙練習

一、1. 観察(かんさつ)　　　　2. 部下(ぶか)

　　3. 筆記用具(ひっきようぐ)　4. 腕組み(うでぐみ)

　　5. 戸惑い(とまどい)　　　6. フレンドリー

　　7. 反省(はんせい)　　　　8. 手抜き(てぬき)

　　9. アピール

　　10. 好印象(こういんしうょ)

二、1. あふれる　　2. さわる　　3. かかわる

完全マスター

1. 1　　2. 2　　3. 2　　4. 3　　5. 3
6. 4　　7. 2　　8. 4　　9. 3　　10. 1

読解練習
　問1　2　　　　問2　3　　　問3　1

語彙練習
　一、1. 集団(しゅうだん)　　2. アイデンティティ
　　　3. 同化(どうか)　　　　4. 満足(まんぞく)
　　　5. 分化(ぶんか)　　　　6. 独自(どくじ)
　　　7. 満たす(みたす)　　　8. ブランド
　　　9. 属する(ぞくする)　　10. 招待(しょうたい)
　二、1. 欲望　　2. 欲求　　3. 欲目

完全マスター

1. 1　　2. 3　　3. 2　　4. 4　　5. 4
6. 2　　7. 3　　8. 2　　9. 4　　10. 4

読解練習
　問1　2　　　　問2　4　　　問3　3

語彙練習
　一、1. 本割(ほんわり)　　　2. 優等生(ゆうとうせい)

3. 青白(しょうはく)　　4. 鮮烈(せんれつ)

5. 騒動(そうどう)　　6. 自業自得(じごうじとく)

7. 引退興行(いんたいこうぎょう)

8. 土俵(どひょう)　　9. 異端(いたん)

10. 人間味(にんげんみ)

二、1. 人間性　　2. 人間味

完全マスター

1. 1　　　2. 4　　　3. 1　　　4. 3　　　5. 3

6. 4　　　7. 1　　　8. 1　　　9. 2　　　10. 2

読解練習

問1　3　　　問2　3　　　問3　4

語彙練習

一、1. 宅急便(たっきゅうびん)　　2. 裏切る(うらぎる)

3. 意外性(いがいせい)　　4. 初売り(はつうり)

5. 西暦(せいれき)　　6. 特製(とくせい)

7. 購入者(こうにゅうしゃ)　　8. 水準(すいじゅん)

9. 片隅(かたすみ)

10. 中途半端(ちゅうとはんぱ)

二、1. 不快感　　2. 不気味　　3. 好感度

完全マスター

1. 2　　　2. 1　　　3. 3　　　4. 2　　　5. 2

6. 2　　　7. 1　　　8. 2　　　9. 3　　　10. 2

 中 文 8

読解練習
　問1　3　　　　問2　2　　　　問3　2
語彙練習
　一、1. 同点(どうてん)　　　　2. シーズン
　　　3. 劇的(げきてき)　　　　4. 補強(ほきょう)
　　　5. 復帰(ふっき)　　　　　6. 照準(しょうじゅん)
　　　7. 出場(しゅつじょう)　　8. 変化球(へんかきゅう)
　　　9. 熟知(じゅくち)　　　　10. 即座(そくざ)
　二、1. 消極的　　2. 象徴的　　3. 劇的　　4. 積極的
完全マスター
　　　1. 1　　　2. 1　　　3. 3　　　4. 4　　　5. 2
　　　6. 3　　　7. 3　　　8. 1　　　9. 2　　　10. 4

  第三章　情報検索

 情 報 検 索 1

読解練習
　問1　3　　　　問2　3
語彙練習
　一、1. 数字(すうじ)　　　　　2. 万国(ばんこく)
　　　3. 無限(むげん)　　　　　4. 調和(ちょうわ)

5. 繁栄(はんえい)　　6. 創業(そうぎょう)

7. 象徴(しょうちょう)　　8. 過言(かごん)

9. 魅力(みりょく)　　10. 曲線(きょくせん)

二、1. ミックス　　2. コレクション

3. クオリティ　　4. タイムレス

完全マスター

| 1. 2 | 2. 4 | 3. 3 | 4. 2 | 5. 3 |
| 6. 4 | 7. 3 | 8. 4 | 9. 4 | 10. 2 |

◇情◇報◇検◇索◇②

読解練習

問1　2　　　問2　3

語彙練習

一、1. 無料(むりょう)　　2. 堅苦しい(かたくるしい)

3. 県民(けんみん)　　4. 移転(いてん)

5. 漂う(ただよう)　　6. 居心地(いごこち)

7. 読書(どくしょ)　　8. 郷土(きょうど)

9. 基調(きちょう)　　10. 閲覧(えつらん)

二、1. 開放的　　2. 堅苦しい　　3. 居心地がいい

完全マスター

| 1. 2 | 2. 2 | 3. 3 | 4. 3 | 5. 3 |
| 6. 2 | 7. 1 | 8. 4 | 9. 1 | 10. 4 |

情報検索 3

読解練習
　問1　4　　　問2　3

語彙練習
　一、1. 恵比寿(えびす)　　　2. 閑静(かんせい)
　　　3. 界隈(かいわい)　　　4. カウンター
　　　5. 造詣(ぞうけい)　　　6. 陶器(とうき)
　　　7. 趣(おもむき)　　　8. 食感(しょっかん)
　　　9. 寄り添う(よりそう)　　10. 融通(ゆうずう)
　二、1. 融通が利く　　　2. 寄り添う
　　　3. 仕入れ　　　　4. 引き締まる

完全マスター
　1. 4　　2. 1　　3. 1　　4. 1　　5. 2
　6. 4　　7. 1　　8. 4　　9. 3　　10. 3

情報検索 4

読解練習
　問1　2　　　問2　4

語彙練習
　一、1. 拝啓(はいけい)　　　2. 清栄(せいえい)
　　　3. 去る(さる)　　　4. 協議(きょうぎ)
　　　5. 弊社(へいしゃ)　　　6. 要望(ようぼう)
　　　7. 厚意(こうい)　　　8. 何卒(なにとぞ)
　　　9. 苦情(くじょう)　　　10. 緊密(きんみつ)

二、1. 引き立て 　　　2. 手形 　　　3. 聞き入れ

完全マスター

1. 2 　　　2. 4 　　　3. 3 　　　4. 1 　　　5. 2

6. 1 　　　7. 1 　　　8. 2 　　　9. 3 　　　10. 1

〈情〉〈報〉〈検〉〈索〉〈5〉

読解練習

問1　2 　　　　問2　3

語彙練習

一、1. 重宝(ちょうほう) 　　　2. 色白(いろじろ)

3. 美肌(びはだ) 　　　4. 導く(みちびく)

5. 石鹸(せっけん) 　　　6. 名匠(めいしょう)

7. 弾力(だんりょく) 　　　8. 栽培(さいばい)

9. 紫外線(しがいせん) 　　　10. 整え(ととのえ)

二、1. 取り去る 　　　2. 重宝する

3. 注目を集める 　　　4. 力を詰め込む

完全マスター

1. 4 　　　2. 3 　　　3. 1 　　　4. 2 　　　5. 4

6. 1 　　　7. 1 　　　8. 1 　　　9. 2 　　　10. 2

〈情〉〈報〉〈検〉〈索〉〈6〉

読解練習

問1　4 　　　　問2　2

語彙練習

一、1. ネットショッピング　　　　2. ベルメソン

　　3. 賢い(かしこい)　　　　　　4. 愛用(あいよう)

　　5. ポイント

　　6. 商店街(しょうてんがい)

　　7. アクセス　　　　　　　　　8. サポート

　　9. センター　　　　　　　　　10. ダブル

二、1. アクセス　　　　2. ドリームポイント

　　3. オンライン　　　4. ネットショッピング

完全マスター

1. 3　　　2. 1　　　3. 2　　　4. 1　　　5. 3

6. 1　　　7. 2　　　8. 3　　　9. 1　　　10. 3

 情　報　検　索　7

読解練習

　　問1　3　　　　問2　4

語彙練習

一、1. ベストグルメ　　　　　2. グランプリ

　　3. マカオ　　　　　　　　4. 穴場(あなば)

　　5. スポット　　　　　　　6. 幅広い(はばひろい)

　　7. 素材(そざい)　　　　　8. 見逃す(みのがす)

　　9. 風水師(ふうすいし)　　10. 投票(とうひょう)

二、1. ぷりぷり　　　2. こってり　　　3. ぴり

完全マスター

1. 2　　　2. 2　　　3. 2　　　4. 1　　　5. 3

6. 2　　　7. 1　　　8. 4　　　9. 1　　　10. 3

情　報　検　索　8

読解練習
　　問1　1　　　　問2　4
語彙練習
　　一、1. 話題(わだい)　　　　2. 圧倒(あっとう)
　　　　3. 急減(きゅうげん)　　4. 急増(きゅうぞう)
　　　　5. 年齢(ねんれい)　　　6. 傾向(けいこう)
　　　　7. 顕著(けんちょ)　　　8. 偏り(かたより)
　　　　9. 豊富(ほうふ)　　　　10. 異性(いせい)
　　二、1. 激甚　　　2. 急増　　　3. 急減
完全マスター
　　1. 3　　　2. 2　　　3. 2　　　4. 4　　　5. 4
　　6. 1　　　7. 1　　　8. 1　　　9. 1　　　10. 1

第四章　総合理解

総　合　理　解　1

読解練習
　　問1　2　　　　問2　3

語彙練習

一、 1. 発達(はったつ) 　 2. 途上(とじょう)

　　 3. 重層性(じゅうそうせい) 　 4. 乳児(にゅうじ)

　　 5. 幼児(ようじ) 　 6. 喜ぶ(よろこぶ)

　　 7. 議論(ぎろん) 　 8. 新たな(あらたな)

　　 9. 求める(もとめる) 　 10. 成り立つ(なりたつ)

二、 1. 喜ばせ 　 2. 迫られ 　 3. 身につけられる

完全マスター

1. 3 　 2. 2 　 3. 3 　 4. 2 　 5. 1

6. 3 　 7. 4 　 8. 3 　 9. 3 　 10. 2

総 合 理 解 2

読解練習

問1 　 2 　 　 問2 　 1

語彙練習

一、 1. 生物学(せいぶつがく) 　 2. 異質(いしつ)

　　 3. 適用(てきよう) 　 4. 矛盾(むじゅん)

　　 5. 群れ(むれ) 　 6. 生じる(しょうじる)

　　 7. 普及(ふきゅう) 　 8. 大多数(だいたすう)

　　 9. 形成(けいせい)

　　 10. 出版協会(しゅっぱんきょうかい)

二、 1. あえて 　 2. そもそも 　 3. おそらく

　　 4. しいて

完全マスター

1. 3 　 2. 2 　 3. 2 　 4. 3 　 5. 4

6. 4   7. 1   8. 1   9. 2   10. 3

⌛◇総◇合◇理◇解◇〈3〉

読解練習

  問1 4   問2 3   問3 2

語彙練習

  一、1. 都会(とかい)   2. 散漫(さんまん)
      3. 驚く(おどろく)   4. 機能(きのう)
      5. 親密(しんみつ)   6. 飽きる(あきる)
      7. 疑問(ぎもん)   8. 次元(じげん)
      9. 宿命(しゅくめい)   10. 軸(じく)

  二、1. 取り戻す   2. かけがえ   3. 入れ替える

完全マスター

1. 2   2. 3   3. 1   4. 2   5. 3
6. 2   7. 4   8. 4   9. 1   10. 3

⌛◇総◇合◇理◇解◇〈4〉

読解練習

  問1 4   問2 3   問3 1

語彙練習

  一、1. 高原(こうげん)   2. 五色(ごしょく)
      3. 沼(ぬま)   4. 実感(じっかん)
      5. 風物(ふうぶつ)   6. 由来(ゆらい)

7. 視界(しかい) 　　　　8. 走馬灯(そうまとう)
9. 本性(ほんしょう) 　　10. 既成(きせい)
二、1. 焼き付ける 　2. 踏みしめる 　3. 思い浮かべる

完全マスター
1. 3 　　　2. 2 　　　3. 2 　　　4. 2 　　　5. 2
6. 3 　　　7. 1 　　　8. 2 　　　9. 1 　　　10. 4

 総合理解 5

読解練習
問1 　3 　　　　問2 　4

語彙練習
一、1. 無縁(むえん) 　　　　2. 反響(はんきょう)
　　3. 衝撃(しょうげき) 　　4. 地縁(ちえん)
　　5. 浮き彫り(うきぼり) 　6. 視聴者(しちょうしゃ)
　　7. 直面(ちょくめん) 　　8. 搬送(はんそう)
　　9. 脱衣(だつい)
　　10. 冠動脈疾患(かんどうみゃくしっかん)
二、1. 遠ざかる 　　　2. 行き倒れた
　　3. 締め付け 　　　4. 息を引き取る

完全マスター
1. 2 　　　2. 3 　　　3. 1 　　　4. 3 　　　5. 1
6. 4 　　　7. 2 　　　8. 3 　　　9. 1 　　　10. 2

総合理解 6

読解練習

問1　3　　　問2　3

語彙練習

一、1. 敏感（びんかん）　　2. 承知（しょうち）

3. 表記（ひょうき）　　4. 拒否（きょひ）

5. 反応（はんのう）　　6. 横切る（よこぎる）

7. 持続（じぞく）　　8. 巨体（きょたい）

9. 瞬間（しゅんかん）

10. 経費請求（けいひせいきゅう）

二、1. たいてい　　2. 重重　　3. 絶対に　　4. 一時

完全マスター

1. 3　　　2. 4　　　3. 3　　　4. 4　　　5. 3

6. 1　　　7. 4　　　8. 3　　　9. 3　　　10. 4

総合理解 7

読解練習

問1　4　　　問2　4

語彙練習

一、1. 途端（とたん）

2. 悪友（あくゆう）

3. 比喩（ひゆ）

4. 吹き出す（ふきだす）

5. 打球（だきゅう）

6. 現実離れ(げんじつばなれ)

7. 好ましい(このましい)

8. 困惑(こんわく)

9. 竹馬(たけうま)

10. 刎頸(ふんけい)

二、 1. 声が弾む　　2. 吹き出す　　3. 笑みをこぼす

完全マスター

| 1. 3 | 2. 4 | 3. 4 | 4. 3 | 5. 4 |
| 6. 2 | 7. 4 | 8. 3 | 9. 2 | 10. 2 |

読解練習

問1　2　　　　問2　3　　　　問3　1

語彙練習

一、 1. 母音(ぼいん)

2. 口元(くちもと)

3. 能面(のうめん)

4. 発音(はつおん)

5. 自体(じたい)

6. 特徴(とくちょう)

7. 唇(くちびる)

8. ポーカーフェイス

9. 聞き取る(ききとる)

10. 無表情(むひょうじょう)

二、 1. 横向き　　　2. 不気味　　　3. 無表情

完全マスター

1. 3	2. 4	3. 3	4. 2	5. 3
6. 1	7. 4	8. 3	9. 4	10. 3

第五章　長　文

読解練習

問1　3	問2　4	問3　2	問4　4
問5　3	問6　1	問7　1	

語彙練習

一、 1. 表現(ひょうげん)　　　　2. 強要(きょうよう)

3. 体験型(たいけんがた)　　　4. 演劇(えんげき)

5. 門外漢(もんがいかん)　　　6. 主張(しゅちょう)

7. 創作(そうさく)　　　　　　8. ラブレター

9. 価値観(かちかん)　　　　　10. 多様化(たようか)

二、 1. すり合わせる　　　2. 成し遂げる　　　3. 分かり合う

完全マスター

1. 1	2. 1	3. 4	4. 4	5. 2
6. 3	7. 3	8. 2	9. 2	10. 2

長文 ②

読解練習

問1　1　　　　問2　3　　　　問3　2　　　　問4　1

問5　1　　　　問6　2　　　　問7　4

語彙練習

一、1. 来世紀(らいせいき)　　2. 納得(なっとく)

　　3. 複雑(ふくざつ)　　　4. 無関心(むかんしん)

　　5. 良質(りょうしつ)　　6. 成果(せいか)

　　7. 高度(こうど)　　　　8. 核兵器(かくへいき)

　　9. 最先端(さいせんたん)　10. インタープリター

二、1. 取り付く　　　　2. 吸い上げる

　　3. 慣れ親しむ　　　4. 判断を下す

完全マスター

　　1. 2　　　2. 3　　　3. 4　　　4. 3　　　5. 1

　　6. 1　　　7. 4　　　8. 4　　　9. 2　　　10. 3

長文 ③

読解練習

問1　4　　　　問2　3　　　　問3　1　　　　問4　4

問5　2　　　　問6　2

語彙練習

一、1. 知覚(ちかく)　　　2. 五感(ごかん)

　　3. 共通(きょうつう)　　4. 世界像(せかいぞう)

5. 火傷(やけど) 　　6. 横須賀(よこすが)

7. 痛む(いたむ) 　　8. 吸血性(きゅうけつせい)

9. 炭酸(たんさん) 　　10. 複雑(ふくざつ)

二、1. しばしば 　　2. 多かれ少なかれ 　　3. はるかに

完全マスター

1. 3 　　2. 3 　　3. 4 　　4. 1 　　5. 3

6. 4 　　7. 2 　　8. 4 　　9. 3 　　10. 2

 長 文 4

読解練習

問1　3 　　問2　4 　　問3　1 　　問4　3

問5　2 　　問6　4 　　問7　1 　　問8　2

語彙練習

一、1. 世辞(せじ) 　　2. 精神的(せいしんてき)

3. 肉体的(にくたいてき) 　　4. 老化(ろうか)

5. 具合(ぐあい) 　　6. 希望(きぼう)

7. 指数(しすう) 　　8. 方程式(ほうていしき)

9. 証拠(しょうこ) 　　10. 老け込む(ふけこむ)

二、1. 決め込む 　　2. 老け込む 　　3. 聞き流す

完全マスター

1. 4 　　2. 3 　　3. 2 　　4. 3 　　5. 4

6. 1 　　7. 4 　　8. 3 　　9. 2 　　10. 3

読解練習

問1　4　　　　問2　1　　　　問3　2　　　　問4　1
問5　2　　　　問6　3　　　　問7　3　　　　問8　1

語彙練習

一、1. 無視(むし)　　　　　　2. 強引(ごういん)
　　3. 堂々と(どうどうと)　　4. 断固(だんこ)
　　5. 居留守(いるす)　　　　6. 愉快(ゆかい)
　　7. 喝采(かっさい)　　　　8. 御中(おんちゅう)
　　9. 開封(かいふう)　　　　10. 図太い(ずぶとい)
二、1. 憎らしさ　　2. 痛快さ　　　3. 便利さ

完全マスター

1. 1　　　2. 3　　　3. 4　　　4. 3　　　5. 3
6. 4　　　7. 2　　　8. 1　　　9. 2　　　10. 4

読解練習

問1　2　　　　問2　1　　　　問3　2　　　　問4　4
問5　3　　　　問6　1

語彙練習

一、1. 重苦しい(おもくるしい)　　2. 不気味(ぶきみ)

3. 甲板(こうはん)　　　　　4. 骸骨(がいこつ)
　　5. 自殺(じさつ)　　　　　　6. 幽霊(ゆうれい)
　　7. 噂(うわさ)　　　　　　　8. 眺める(ながめる)
　　9. 死体(したい)　　　　　10. 失恋(しつれん)
　二、1. 蒼白い　　　2. 重苦しい　　　3. 蒸し暑い

完全マスター

　　1. 2　　　　2. 3　　　　3. 4　　　　4. 2　　　　5. 3
　　6. 2　　　　7. 3　　　　8. 4　　　　9. 3　　　10. 2

 長文 7

読解練習

　　問1　4　　　　問2　4　　　　問3　1　　　　問4　1
　　問5　2　　　　問6　3　　　　問7　4

語彙練習

　一、1. 現場(げんば)　　　　　　2. 携わる(たずさわる)
　　　3. 議論(ぎろん)　　　　　　4. 個人(こじん)
　　　5. 矮小(わいしょう)　　　　6. 蔓延(まんえん)
　　　7. 対策(たいさく)　　　　　8. 被害者(ひがいしゃ)
　　　9. 猶予(ゆうよ)　　　　　10. 加害者(かがいしゃ)
　二、1. 単に　　　2. せつせつ　　　3. まるで

完全マスター

　　1. 4　　　　2. 2　　　　3. 2　　　　4. 3　　　　5. 4

6. 3　　　7. 1　　　8. 4　　　9. 2　　　10. 3

長文 8

読解練習
問1　3　　　問2　1　　　問3　2　　　問4　2
問5　4　　　問6　2

語彙練習
一、1. 市場(しじょう)　　　2. 貨幣(かへい)
　　3. 生産(せいさん)　　　4. 交換(こうかん)
　　5. 成立(せいりつ)　　　6. 欲求(よっきゅう)
　　7. 一致(いっち)　　　8. 片思い(かたおもい)
　　9. 貴金属(ききんぞく)　　10. 頻繁(ひんぱん)
二、1. としたら　　　2. としても　　　3. としては

完全マスター
1. 2　　　2. 3　　　3. 1　　　4. 2　　　5. 4
6. 2　　　7. 4　　　8. 4　　　9. 2　　　10. 2

動物に関することわざ

猿にまつわる「ことわざ」
猿も木から落ちる

（意味）

　どんなにその道に優れていて
も、時には失敗をすることがある
ということ。

（由来）

　木登り名人といわれる猿でも時には木から落ちることも
あることに由来しています。同じ意味の「ことわざ」に、
「河童(かっぱ)の川流れ」、「弘法(こうぼう)にも筆の誤
り」「千里の馬も蹴つまずく」などがあります。

（使い方）

　A：テレビを見ていたら、プロの有名なダンサーがステ
　　　ップを間違えていたんだ。

　B：やっぱり、猿も木から落ちるんだね。

木から落ちた猿

（意味）

　頼みにするところ、よりどころを失って、どうしたらい

いか分からない状態のたとえ。

（由来）

　木の上では悠々と動ける猿も、誤って木から落ちてしまうと身動きがとれなくなることに由来しています。「木より落ちた猿」とか「木を離れた猿」という言い方もしますね。同じ意味の「ことわざ」に、「水を離れた魚」「陸（おか）へ上がった河童」、「日向（ひなた）の土竜（もぐら）」などがあります。

（使い方）

　A：彼、技術者なのに急に事務職にまわされたんだって。
　B：それじゃ、まるで木から落ちた猿だね。

猿に烏帽子（えぼし）

（意味）

　人柄にそぐわない服装や言動をすること。また、外観だけ装って、実質がそれに伴わないことのたとえ。

（由来）

　猿が烏帽子を被っても似合わないことに由来しています。烏帽子とは昔、成人になった男子がかぶった帽子のようなもので、貴族は平常用として、庶民は晴れの席で用いた。同じ意味の「ことわざ」に、「猿に冠」「沐猴（もっこう）ににして冠す」などがあります。

（使い方）

　A：めずらしいね。今日はお隣さん、派手な格好してるけど似合わないね。
　B：うん、猿に烏帽子って感じ。

猿の水練

(意 味)

　見当違いのことをしたり、まったく反対のことをするたとえ。

(由 来)

　猿が木に登り、魚が水中を泳ぐのは自然だが、まったく逆のことをする意から作られたもので、同じ意味の「ことわざ」に、「木に縁（よ）りて魚（うお）を求む」があります。

(使い方)

　A：あの人の仕事の手順は正しいのかなあ？

　B：まさかー！あんなの猿の水練だと思うよ。

猿の人まね

(意 味)

　よく考えもしないで、他人の動作をまねること。

(由 来)

　猿は何でも人のまねすることに由来しています。ですが、それでうまくいくことはあまりないようです。自分の考えなしに人のまねだけをすると失敗するということですね。

(使い方)

　A：この前バッグ買ったばっかりなのに、また違うやつ買ったの？

　B：友達と買い物行ったの。私も猿の人まねで、必要ないのにすぐ買っちゃうんだよね。

虎にまつわる「ことわざ」
虎の子

(意味)

　大切に持ち続けて手放さないものこと。秘蔵品。

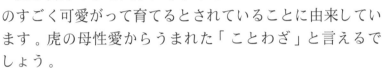

(由来)

　虎は自分の子を大事に守り、ものすごく可愛がって育てるとされていることに由来しています。虎の母性愛からうまれた「ことわざ」と言えるでしょう。

(使い方)

　虎の子の貯金をはたいて、彼は彼女にダイヤのリングを贈りました。

虎の威を借る狐

(意味)

　自分は大したことはないにもかかわらず、他人の権力をかさに着て威張る人のこと。

(由来)

　キツネは自分のあとに続いて虎を歩かせた時、ほかの動物たちは虎を見て逃げたのだけど、虎はキツネが強いからだと思い込んでしまったことに由来しています。

(使い方)

　あのリーダー格の男の子のそばにいつもいる彼は、虎の威を借るキツネですね。

前門の虎、後門の狼

(意味)

　一つのわざわいを防いだところに、また別のわざわいが降りかかってくること。

(由来)

　前の門から来た虎を追い払ったと思ったら、今度はうしろの門から狼がやってくることに由来しています。同じような意味の「ことわざ」に、「一難去って、また一難」、「虎口（ここう）を逃れて龍穴（りゅうけつ）に入る」「火を避けて水に陥る」などが挙げられます。

(使い方)

　やっと洪水がおさまったと思ったら、今度は台風が近づいてきたというような場合を、前門の虎、後門の狼と言うのでしょう。

虎に翼

(意味)

　ただでさえ強い者に、さらに何かほかの威力を加えること。もとから勢いのあるものに、より力を加えて一層勢いづかせること。

(由来)

　とても強い動物として知られている虎に、もし翼がついたらどうなるだろうかと、と考えた人がいたのでしょう。ちなみにこの「ことわざ」は韓国でよく使われています。日本では「鬼（おに）に金棒（かなぼう）」のほうが有名ですよね。ほかに「駆（か）け馬に鞭（むち）」「竜に翼（つば

さ）を得たる如し」なども似たような「ことわざ」です。

（使い方）

　頼れるあの人がチームに戻ってきてくれたから、もう虎に翼のようなものですね！

張り子の虎

（意味）

　肩書きだけ立派だけれど実力のない人や、弱いくせに見栄を張って強く見せようとする人。また、うなずくクセがあったり、何にでも同意して自分の意見を持っていない人のたとえ。

（由来）

　意味が二通りあることから分かるように、それに関する由来も二通りあります。一つ目は「張り子の虎」と聞くといかにも大きくて強そうに思うかもしれませんが、実は材料に竹と紙を使って作った虎のおもちゃということに由来しています。二つ目はこの「張り子の虎」、首を縦に振るしくみになっていることに由来しているんですね。

（使い方）

　彼は威張っているが、いざとなるとすぐに逃げ出すので、まるで張り子の虎のようだ。

馬にまつわる「ことわざ」
馬の耳に念仏

（意味）

　どんなに注意や意見をしても聞こうとしなかったり、効

果のないこと。

由来

　馬に念仏を聞かせても、そのありがたみがまったく分からないことに由来しています。同じような意味の「ことわざ」に「犬に論語」「蛙(かえる)の面(つら)に水」などがあります。

使い方

　彼女に野球の面白さを力説しても、馬の耳に念仏ですよ。だって、彼女はスポーツそのものに興味がないから。

馬子(まご)にも衣装

意味

　髪や服を整えて着飾れば、どんな人も立派に見えるものだということ。

由来

　「馬子」は、昔、馬に人や荷物を乗せて運ぶことを職業とした人のこと。馬を引いてお客さんを乗せる人でも、いい服を着せて身なりを整えると立派に見えることに由来しています。同じような意味の「ことわざ」に、「人形にも衣装」「鬼瓦(おにがわら)にも化粧」などがあります。

使い方

　いつもジャージばっかり着ている彼もたまにスーツを着ると見違えますね。まさに馬子にも衣装という感じです。

馬に乗ってみよ、人に添うてみよ

（意味）

　どんなことでもやってみなければ、本当のところは分からないということ。

（由来）

　いい馬かどうかは実際に乗ってみなければ分からないのと同じように、人の本当の考えや姿なども親しく付き合ってみないことには分からないということに由来しています。同じような意味の「ことわざ」に、「人には添うてみよ、馬には乗ってみよ」「人には会（お）うてみよ、馬には乗りてみよ」などがあります。

（使い方）

　「馬に乗ってみよ、人に添うてみよ」って言うけど本当でした。あの人と親しくなって、やっと本音を聞くことができました。

やせ馬の先走り

（意味）

　物事の成功を急いで、その結果失敗するものということ。気持ちばかり焦って、物事がはかどらないこと。または競走などで最初はトップになるけれど、そのうち息切れして追い越されてしまうこと。

（由来）

　やせた馬は体重が軽いのでスタートダッシュはいいけれど、体力がないためすぐバテやすいことに由来しています。同じような意味の「ことわざ」に、「やせ馬の道急

ぎ」「弱馬（よわうま）道を急ぐ」などがあります。

（使い方）

　あの子はいつも「やせ馬の先走り」。だから、運動会の徒競走では毎年2位なんです。

牛を馬に乗り換える

（意味）

　劣ったほうをやめて、優れたほうに乗り換えること。自分に不利なほうをやめて有利なものに乗り換えること。

（由来）

　その言葉通り、足の遅い牛から速い馬に乗り換えることに由来しています。同じような意味の「ことわざ」に、「牛を売って馬を買う」「牛を馬にする」などがあります。

（使い方）

　道がとても混んでいるので牛を馬に乗り換えたほうがよさそうですね。約束の場所には車ではなく、自転車で行くことにします。

太極武術教學光碟

太極功夫扇
五十二式太極扇
演示：李德印 等
(2VCD)中國

夕陽美太極功夫扇
五十六式太極扇
演示：李德印 等
(2VCD)中國

陳氏太極拳及其技擊法
演示：馬虹(10VCD)中國
陳氏太極拳勁道釋秘
拆拳講勁
演示：馬虹(8DVD)中國
推手技巧及功力訓練
演示：馬虹(4VCD)中國

陳氏太極拳新架一路
演示：陳正雷(1DVD)中國
陳氏太極拳新架二路
演示：陳正雷(1DVD)中國
陳氏太極拳老架一路
演示：陳正雷(1DVD)中國
陳氏太極拳老架二路
演示：陳正雷(1DVD)中國
陳氏太極推手
演示：陳正雷(1DVD)中國
陳氏太極單刀 · 雙刀
演示：陳正雷(1DVD)中國

郭林新氣功
(8DVD)中國

本公司還有其他武術光碟
歡迎來電詢問或至網站查詢
電話：02-28236031
網址：www.dah-jaan.com.tw

原版教學光碟

歡迎至本公司購買書籍

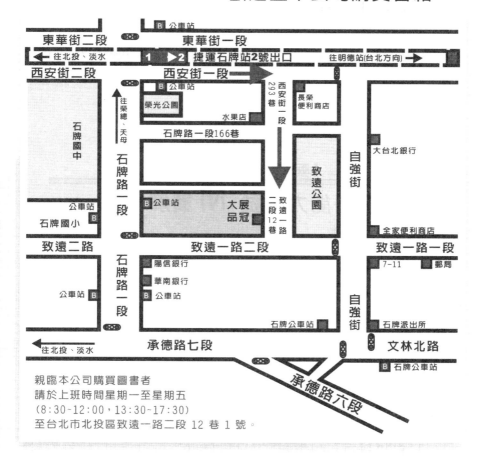

親臨本公司購買圖書者
請於上班時間星期一至星期五
（8：30～12：00，13：30～17：30）
至台北市北投區致遠一路二段 12 巷 1 號。

建議路線
1. 搭乘捷運‧公車
　　淡水線石牌站下車，由石牌捷運站２號出口出站（出站後靠右邊），沿著捷運高架往台北方向走（往明德站方向），其街名為西安街，約走100公尺（勿超過紅綠燈），由西安一段293巷進來（巷口有一公車站牌，站名為自強街口），本公司位於致遠公園對面。搭公車者請於石牌站（石牌派出所）下車，走進自強街，遇致遠路口左轉，右手邊第一條巷子即為本社位置。

2. 自行開車或騎車
　　由承德路接石牌路，看到陽信銀行右轉，此條即為致遠一路二段，在遇到自強街（紅綠燈）前的巷子（致遠公園）左轉，即可看到本公司招牌。

大展好書　好書大展
品嘗好書　冠群可期